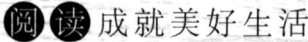

你喜欢，不如我喜欢

甘北 ◎ 著

北京联合出版公司
Beijing United Publishing Co.,Ltd.

图书在版编目（CIP）数据

你喜欢，不如我喜欢 / 甘北著 . —北京：北京联合出版公司，2018.8（2018.12 重印）

ISBN 978-7-5596-2169-6

Ⅰ . ①你… Ⅱ . ①甘… Ⅲ . ①随笔—作品集—中国—当代 Ⅳ . ① I267.1

中国版本图书馆 CIP 数据核字（2018）第 112529 号

你喜欢，不如我喜欢
作　　者：甘　北
选题策划：北京时代光华图书有限公司
责任编辑：牛炜征
特约编辑：王芸斐
封面设计：蔡小波
版式设计：冉　冉

北京联合出版公司出版
（北京市西城区德外大街 83 号楼 9 层　100088）
北京晨旭印刷厂印刷　新华书店经销
字数 190 千字　880 毫米 ×1230 毫米　1/32　8.5 印张
2018 年 8 月第 1 版　2018 年 12 月第 2 次印刷
ISBN 978-7-5596-2169-6
定价：49.80 元

未经许可，不得以任何方式复制或抄袭本书部分或全部内容
版权所有，侵权必究
本书若有质量问题，请与本社图书销售中心联系调换。电话：010-82894445

序

我有一间大房子，活够了就去死

很长一段时间里，我都一个人住。

晚上躺在客厅里，电视整夜不关，醒了睡，睡了醒，想着什么时候活够了，就可以去死。

那些夜晚，自由、理想、前程……所有美好的词，都像是我手里的折扇，抖一抖，它们就在眼前延展开来，流光溢彩。

相信我，你一旦在独处中，获得如此的愉悦，就不会再将人生的指望寄托在男人和婚姻上。

快乐是自己的，就谁也抢不了。直到如今，我已经结婚生子了，依旧如此坚信。

写这本书的初衷，就是希望你我，都能获得这样的快乐。当然，文字会有偏颇之处，因为温和言辞发出的声音，难以被倾听。

你站在广场中间讲："女人要自由。"所有人都摇头，笑着走开。

你唯有说:"下面站着的都是猪。"他们才会满脸愤怒地转过头来:"你凭什么骂我是猪?"

尖锐的话未必每个人都爱听,但道理总归是一些好道理。

反正也不贵,买来看看呗。

行了,序就写这么长吧,啰里吧唆的,不酷。

目录
CONTENTS

CHAPTER 1

干得好不如嫁得好？我呸

▶▷　　▶▷　　▶▷

我是老女人怎么啦，又瞧不上你　003

"啧啧，主动追男生可真掉价"　006

干得好不如嫁得好？我呸　010

房子比男人可靠　014

为什么你要说女人抽烟格外恶心？　017

女孩子读那么多书，就是为了远离你这种傻×　020

女人过了二十五岁就不值钱了？　025

除了你爸，没有男人会把你当女儿宠　029

爸爸出轨了，但我更痛恨妈妈　032

"你的世界以后没我了" "哈哈，太好了"　036

谁说女人只想坐宝马了？我只是不想坐自行车　039

中国式绝望主妇：一边闹离婚，一边生二胎　043

男人说要养我，我会高兴地跳起来　048

CHAPTER 2

对不起，我丑到你了

▶▷　▶▷　▶▷

大城市凭什么鄙视小城市？　053

"我都道歉了，你凭什么不原谅？"　058

对不起，我丑到你了　062

不孝有三，无后为大，剩下两个是不相亲和不考公务员　066

真的，再劝人分手我是小狗　070

你这么牛×，不如我的人生给你过　074

你逗我啊：十八岁不准恋爱，二十八岁单身有病　078

"我怀孕了，他却还不离婚"　082

二十几岁的年纪，穿淘宝货怎么了？　086

我爸妈只生了女儿，棒呆了　089

前任渣还不让人讲了　093

"狗咬了你，难道你还咬回去？""不，我打死它"　096

"好人真的有好报吗？""恐怕不是"　100

CHAPTER 3

女人都不愿结婚了，男人却还想娶个保姆

▶▷　　▶▷　　▶▷

这么痴情的男子你见过吗？　107

他愿意为你去死，却不愿意为你努力赚钱？　111

女人都不愿结婚了，男人却还想娶个保姆　115

A女配C男，是男人最恶心的谎言　119

没钱又不帅的男人，好姑娘凭什么嫁给你？　122

"爱上你是为了忘记她"　127

"我们男人会出轨，都是你们女人的错"　131

"不要和有思想的女生谈恋爱"　135

女人如衣服，你干脆跟兄弟在一起！　138

"我月薪一万，娶个保姆怎么了？"　141

"他出轨、打女人，但结婚后会改" 145

"老婆是别人的好" 148

男人的三十岁，比女人更贬值 151

CHAPTER 4

"姥姥死了，房子就是你的了"

▶▷　　▶▷　　▶▷

"房子是留给弟弟的" 157

拜金女同学鲜为人知的过去 161

催婚是一群人的狂欢，离婚是一个人的孤单 165

女人生孩子到底有多痛？ 169

为了房子，妈妈放弃了我的抚养权 174

"如果我是樊胜美" 179

生下来，只是一个开端 184

我爸花了两万元买保健品 187

"我终于嫁给了不爱的人" 191

"最爱你老公的女人，是我！" 195

"姥姥死了，房子就是你的了" 199

孩子一出生，丈夫就死了 206

CHAPTER 5

如果你知道什么是苦，一定要告诉别人什么是甜

▶▷　　▶▷　　▶▷

我也曾想找个有钱人嫁了　213

爱上一个理工男，离气死不远了　217

婚姻是偶尔绝望，还是一直如此？　220

如果你知道什么是苦，一定要告诉别人什么是甜　223

我们读了那么多书，却无法理解眼前的父母　227

别等到要给父母换血换器官，才骤觉拼命赚钱的必要　230

我听过最大的笑话，就叫"感同身受"　234

"今天，妈妈嫁人了"　239

你嫁人那天，爸妈一宿没睡　242

长大就是把哭声调成静音的过程　246

"你买不起 LV，一定是不够努力"　249

一旦初心不再，千帆可休矣　252

世态从来炎凉，但你要笑着讲出来　256

▶▷

CHAPTER 1

干得好不如嫁得好？我呸

/ /

我们女孩子行走在世上，不想占任何人的便宜，我们有手，我们有脚，我们有工作，我们有思想，我们有意志，我们配得上一切赞美和尊重。但即便骄傲得如同一身铠甲的女战士，我还是希望，有那么一个人，能让我们的心倏忽地柔软。

我是老女人怎么啦，又瞧不上你

每到三八妇女节，就有一些智商欠费的傻×，贱兮兮地朝你捂嘴笑："你今天过节啊，妇女。"

真不知道"妇女"两个字有什么好笑的，我去看病都挂妇科号，可不就是妇女吗？当然，他们也不是在笑"妇女"，他们是在笑"老女人"。在一些人眼里，只要不过儿童节的，就是"老女人"，过妇女节的就更不得了了，简直是老女人中的战斗机。

其实，老女人本身并不是什么可耻的事，是个人都会老。张爱玲说得好，"你还年轻吗，不要紧，过几年就老了。"可是，在一些人眼里吧，老女人跟女人完全不是同一种生物，老女人就是货架上的甩卖商品，被贴着"两折两折，一律两折"的标签，一个个伸长手等着人去挑、去拣似的。如果一个老女人，恰好还没结婚，那就更完美了！你就是豆腐渣，就是月经不调、性生活不和谐，活该没人要。

呵呵，朋友，跟你讲一个秘密，我就算月经不调、性生活不和谐、没人要，也看不上你！

我这个老女人，身边好多老女人，清一水的 1988 年出生的中年妇女。我们中间有些是结了婚的，还整天跟个"妖艳贱货"一样，打扮得漂漂亮亮地上街惹人讨厌。还有一些孩子都有了，也不知道"洁身自好"，不把钱花在母婴用品上，成天给自己买这买那。没结婚的那些，就更讨厌了，不把时间花在相亲找对象上，天天就知道逛街吃饭看电影，买件大衣就几千块，败家胚子活该没人要。有些老女人去相亲，也不瞧瞧自己几斤几两，一把年纪了还要求这要求那，肯娶你就不错了，还要对你好、把你当小公主，咋不上天啊？没听很红的那首《三十岁的女人》吗？

挑剔着轮换着你再三选择
……
那么寒冬后炎夏前谁会给你春一样的爱恋

但我还挺享受做个老女人的，怎么回事？我这个老女人有什么呀，我有学历、有房子、有车子，我把年轻的时光都拿去努力了，用它们换了很多钱，现在庸俗得要死，三句话不离人民币。我还一点都不酷、不浪漫，嫁了一个老实巴交的闷葫芦，结婚纪念日买了一束花都不敢送，放在孩子的洗澡盆里说是用来泡花瓣澡的，我整天给他烧菜做饭吃，把自己搞得一身油烟味。我甚至还生了一个孩子，天呢，太可怕了，不敢想象，我是不是半截身子入了土，余生除了老公出轨再没有什么惊喜了？

那可对不起了，我不这么想呢！我觉得自己老美了、老帅了、老了不起了，我就是这么没自知之明呢，反正我又不稀罕你瞧得起。毕竟你瞧不瞧得上我无所谓，反正我也瞧不上你，我只爱我老公。

真的，老就老了吧，没啥大不了的，又不是没年轻过。

林青霞也老，张曼玉也老，赵雅芝也老，每个年龄有每个年龄的美，年轻当然好，我也羡慕年轻的小妹妹，胶原蛋白满满的，别提多好看了。可是我也不差啊，我没有辜负我的年轻，也没有辜负我的如今，我老起来有老的样子，配得上年轻时摔过的跟头、吃过的苦。

话又说回来，其实我也不老，我还年轻着呢，我还有梦想，我还在努力，我还能奋不顾身地爱一个人。

年年十八当然好，但如果不能年年十八，希望我们二十八岁有二十八岁的样子，三十八岁有三十八岁的样子。

朋友们，节日快乐！

"啧啧，主动追男生可真掉价"

一位读者向我求助，她最近在追一个同系的男生，却听到背后有人嚼舌根，说她"女追男不要脸"，问我"要不要继续"？这让我想起大学时，班上女生追男生的往事。

同学喜欢校队的一个男生，人家在运动场训练，她就跟在后面屁颠屁颠地跑，没事还送点小零食。男生起初一百个不愿意，后来也就半推半就了，偶尔一次两次没看到她，还会偷偷来班上打听她怎么了。就这样，穷追猛打了两个月，两人关系明显进了一大步，不仅能在一起开开玩笑了，没事还能一起约着吃个饭。

同学以为胜利在望，男生却又兜头给她浇了一盆冷水。临近期末考试了，一天训练完，男生突然跟她讲："以后，你不用来了。"同学看着男生的背影，站在原地一边飙泪一边喊："你就是个木头！"

考完试，宿舍楼一派欢乐祥和，大家迫不及待地收拾东西回家，忽然听到楼下一阵喧哗，我的天，那个男生捧着一大束玫瑰站在楼下！整栋楼的女生疯狂了！

同学连拖鞋都没换，一溜烟地跑下楼去，一下子扑到男生怀里。男生就当着那么多人的面问她："你愿不愿意跟我一起回家？"

天呢！浪漫死了！在我听过的爱情故事里，浪漫指数至少可以排到前五。

说起追男生这件事，我有一本书那么厚的心得体会。因为从小到大，都是我追男生。我老厉害了，追过的男生里，有长得像古天乐的，有特别会打篮球的，有成绩榜上第一第二的，还有很会讲笑话的，哈哈哈哈哈哈。当然，有一些追到了，还有一些没追到。

我不知道这样的行为掉不掉价，但我脸皮厚，自我感觉还挺良好的，毕竟为喜欢的人付出努力，怎么听都是一件美好的事。

《倚天屠龙记》里，张无忌和周芷若正要拜堂成亲，赵敏一身青衣直闯喜堂，光明右使范遥眉头一皱，说道："郡主，世上不如意事十之八九，既已如此，也是勉强不来了。"赵敏却道："我偏要勉强。"

喜堂抢亲啊，一个女人在大庭广众之下抢老公，搁在现实中非得被人把脊梁骨戳碎。可是，多少人就因为一句"我偏要勉强"，爱上了敢爱敢恨的敏敏郡主？赵敏比周芷若爱得卑微吗？不，我不认为，她爱得坦荡、率真，没什么好羞愧的。

话又说回来，为什么女人追男人就是掉价？因为自古以来，女人就应该是温婉含蓄的，别说自己主动了，就算别人主动，也要流露出羞涩的样子。可是，你想过没有，到底是谁来定义女人的美的？谁说女人就一定要温婉含蓄？

彭于晏和胡歌就站在面前，我能不能释放一次天性上去表个白？要是控制不住自己尖叫两声再晕倒，是不是就是放荡不要脸？多可怕的想法。

我总是说，赤裸裸的男权主义并不可怕，可怕的是它对我们的思想价值潜移默化的渗透。

今天，有人告诉你，女人应该三从四德裹小脚，你会毫不犹豫地冲上去骂一句"放屁"，因为这是毋庸置疑的落后观念，可以堂而皇之、毫不忌讳地批判。

可是，当有人告诉你，女人不应该主动追求男生，你却迟疑了，因为潜意识里，还是觉得女性就应该是腼腆的。你迈不出那一步，因为摆在你前面的，是一道矗立了几千年的世俗藩篱，是世人像针尖一样扎在你背后的灼灼目光。

当然，也不是什么事都得往女权上扯。更多的人，不支持女追男，单纯是觉得男人这种生物吧，不下一番功夫就不懂得珍惜。卓文君大家知道吧，西汉时期的大才女，为了司马相如雪夜私奔，甘心放下身段当垆沽酒。后来司马相如发迹了，却动了纳妾的念头。这个故事太有名了，以至于后来人们总爱拿它说事，以此来佐证女人主动投怀送抱一定没有好下场。可是，讲道理，世界上男追女，追到倾家荡产恨不得摘星星摘月亮，最后还是变心的例子，还少吗？《人民的名义》里，祁同伟为了追梁璐都下跪了，结果还不是一口一个"老女人"？我们还看过好些为博红颜一笑豪掷千金的例子，结果还不是一样移情别恋？

真的，这事得看人。会珍惜你的人，自然会珍惜，不会珍惜你的人，你是白雪公主也不管用。

永远不要指望跟渣男讲套路，你要相信，渣男恒渣。渣男的渣，千变万化，没有止境，五彩缤纷，无法预防，也难以根治。爱你时一口一个小甜甜，变了心叫你一句牛夫人，那还算客气的。跟主动被动有一毛钱关系吗？没有。

不管怎么说，我总觉得，在爱情面前，没有掉价不掉价的说法。爱情就是无价的，谁的爱情都是无价的，只要这爱情堂堂正正，光明磊落，就没有什么好非议的。

当然，我并不认为那些矜持等待的女孩有什么不是之处，任何人都有她的爱情观和价值观，无可厚非。事实上，矜持也是一种美，同样难能可贵。但对于我个人而言，我喜欢的，就一定会自己去拿。

干得好不如嫁得好？我呸

同学今年二十八岁，还没有嫁人。每次聚会都有那么两个没眼力见儿的，一脸同情地对她摇头："女孩子嘛，干得好不如嫁得好，都这个年纪了，赶紧找个人嫁了才是正事。"

呵呵，也不看看自己的银行卡余额。

人家年薪二三十万元，早几年房价还没涨起来，就已经买了一套两居室，去年又买了一辆代步车，爱吃吃，爱喝喝，无聊就去自驾游，用得着你同情？

女孩子有一份事业有多爽？这么跟你说吧，爽爆了！当你想买包，就可以买包。五千也好，一万也好，你要担心的，只是下个月吃不吃土，而不用因为花别人钱而愧疚，更不用看别人的脸色，等着男朋友在网上发帖骂你——败家女友买个包花了五千，该不该分手？

当你发现男友在外面勾搭女人，可以义无反顾地跟他分手，不用担心下个月交不交得起房租，不用担心明天能不能开饭。退一万步讲，哪怕情感上无法割舍，至少不用为了经济原因卑躬屈膝。

这是未婚的。假设你已婚，那就更爽了！我一个已婚朋友，早两年因为要带孩子，辞职在家做了一段时间的家庭主妇。那两年，她整个人悲观了不少，原先豁达的性子变得愁云惨淡。她跟我们讲，有一回，她想买一台空气净化器，上网看了价格，老公立马连声否决："太贵了！太不实际了！"这倒没什么，关键是婆婆，阴阳怪气地在一旁搭腔："我们家××赚几个钱也不容易，不能这么败了。"

天啊！她明明超级辛苦，天天带孩子累得像条狗，凭什么被说得好像吃闲饭一样？受不了这口闷气，等孩子送了幼儿园，她就重回职场。虽然工资不高，但足够她花销啊，不用伸手要钱的感觉别提多爽了。

对啊，就是这么现实，经济基础决定话语权，你能赚钱，老公就不敢小看你，婆婆就不敢刁难你。

比经济独立更重要的是什么？事业带给你的安全感，是嫁给任何一个人都无法比拟的。

我有全职的家庭主妇朋友，老公很会赚钱，工资全部上交，可她还是没有安全感。为什么？朋友，你不逛天涯吗？有多少"二十四孝老公"，转过身就变成了翻脸无情的渣男？找男人要安全感，朋友，你这是在赌博啊！安全感是什么？是你对最坏情况的预期，你想在感情中获得安全感，就要假设失去感情你还有什么可以抓住。

相信我，一份稳定的工作，绝对会成为你安全的着陆点。哪怕一觉醒来，那个男人把所有家当都卷跑了，你还能去财务预支两个月的工资，不用苦兮兮地流落街头不知所措。更何况，除了安全感，工作还能带给我们满满的成就感。女人的个人价值，绝不只是体现在结婚生子上，我们同样能出入职场，同样能改变世界。就拿我开头提到的那位同学来说吧，她是一名心理咨询师，跟人合伙创建了一个心理咨询网站。她的团队，每年能帮助数千人走出心理困境，其中不乏抑郁症甚至有自杀倾向的人群。

她说自己时常能收到客户发来的答谢短信，那些短信，她一条都舍不得删。那是一个人在低谷中不断奋战、脱胎换骨的艰难历程，而这历程的每一步，都有她的心血和付出。还有什么，比这更值得骄傲？

更何况，嫁得好是那么容易的吗？你想嫁给何以琛，得先变成赵默笙；你想嫁给李大仁，得先变成程又青啊！

总有人跟你说"干得好不如嫁得好"，但他们不会告诉你，干得不好的，通常也嫁得不好。你想啥事不干就收获一枚全能老公，既能日赚斗金，又待你如珍如宝？醒醒吧，大家都是成年人了，成年人的世界，从来都是等价交换的。现实生活中，没有任何一个富家少爷会看上一无是处只会扇人耳光的灰姑娘。

嫁得好的有没有？有！买彩票还有人中五百万呢！但你有没有发现身边嫁得好的女人，本身都有过人之处？或是家世显赫，或是才华横溢，或是收入丰厚，或是外貌出众。真的，如果你一门心思想嫁得好，就更得努力工作了，这大概是平凡如你我，在择偶路上最实际的逆袭之路了。

好了，现在我来分析一下，为什么总有人在你努力工作时，兜头泼你一盆冷水？因为这个社会根本不相信女人能够凭借自己的力量获得想要的一切。直到今日，董明珠女士的名字已经家喻户晓，还有投资人在公共场合宣扬不投资女性 CEO（首席执行官）。更多的人还在固执地相信，一个女人此生最大的成功，就是找到一个好男人，结婚生子再生子。

呵呵。得了吧，谁都想嫁得好，我也想。但我还有很强的自尊心，还不愿轻易向现实低头，把自我价值依附在一个男人身上。他日觅得良人，希望我们是因为彼此欣赏、彼此吸引而结合，我们并肩而立，共同承担寒潮风雷，共同分享雾霭流岚，不攀附、不屈就。是的，我嫁得很好，因为我值得。

房子比男人可靠

两年前，我拥有了一套属于自己的房子。只写一个人名字的房产证，会在产权所有处标明："单独占有"。单独占有，这四个字给我的安全感，是从任何一段恋情中都不曾获得的。同样，那一年，朋友跑遍了中介市场，咬紧牙关筹够了二十万元，付了一套小户型的首付，开始了漫长的房奴生涯。

没有人理解我们，作为女孩子，为什么要忍受那样的艰苦，拼死拼活买下一套房？苦吗？苦。那是我有生以来，最难熬的一段时日。交首付的前一晚，我去了一趟超市，站在一排酸奶货架前，想伸手却又忍住了。我告诉自己，从今往后，你是连一杯酸奶都不能随便买的人。

因为我要付房贷，它是我月薪的三分之一。我不是家境宽裕的女孩子，我的身后一无所依，我没有任何办法，只有咬牙前行。而我的朋友，在那两年里，同时打着两份工。我们出去吃一顿饭，她要接不下十个电话，趁着翻通讯录的空档扒两口，然后尴尬地说："不好意思啊，太忙了。"

如今想想，那套房子，真是我们孤注一掷的疯狂。值吗？值。之于我而言，那套房子是我婚姻的底气，让我在外嫁的城市有了另一个娘家。而之于朋友，那是她坚持独身的底气。一个有房子的女人，在三十岁不结婚就会被贴上"齐天大剩"标签的世俗偏见前,依旧没有任何人敢看低她一眼。

当然,不管是我,还是我的朋友,都曾听过这样的质疑:女孩子干得好不如嫁得好,要那么拼干什么?我来告诉你,要那么拼干什么。

讲一件不太开心的事。同学男友的老家在很远的外省,起初,父母不赞同这门亲事,因为怕她嫁过去吃亏。直到那年她摔断了腿,在床上躺了大半个月,男生寸步不离,她上厕所没法蹲下去,他就让她圈住脖子,当成人肉梯子扶着。就这样,打动了女方父母。

结婚三年,同学生了两个孩子,都是女孩。婆家的态度开始有了一百八十度的转折,婆婆开始公然骂她尽生赔钱货,丈夫呢,先是不作声响,后来也跟着给她脸色看。同学说她不明白人怎么能说变就变,原来的暖男,突然之间变得冷血、刻薄。最令她寒心的一次,她发着三十九摄氏度高烧,想躺在床上休息一会儿,老公就在客厅里辱骂:"都不知道花钱供个祖宗在家干什么,天天在家闲着,做点饭还嫌累……"她强撑着一口气反驳了两句,丈夫突然狂躁起来,走进卧室掀掉她的被子,把她硬生生地拽下了床,喊她滚出去。

她顶着高烧出了门,在初冬的街头晃了一圈,心里盘算了所有最坏的念头,离婚吗?想离。可是她没有收入,离了婚带着两个孩子,连个住处都没有……她在外面吹了两个小时的风,想过生,想过死,最后却只能灰溜溜地回去,因为她没有地方可以去,她无枝可依。

我们为什么那么拼?我们为什么要买房?因为我们同样无枝可依。我们这些平凡的、没有靠山的女孩子,只敢把赌注放在自己身上，只敢跟自己赌一把未来。

《欢乐颂》里，樊胜美的一句台词是："我们这些外地女孩子，工作才是唯一的依靠，绝对不可以在没出息的男人身上冒险。"工作是如此，房子也是如此。

那段时间，深夜加班回来，远远地望见那栋房子矗立在那儿，内心就涌起一股踏实的安全感。它是我的安全感。它是我不管失多少次恋，一回头就能栖身的温暖港湾。

当然，世上有值得我们去托付终身的男人。

我如今结婚了，愿意无条件地相信我的丈夫，但我还是很努力，很拼，比以前更努力，更拼。因为我们有一个共同的家，还有一个孩子。我是一个妻子，也是一个母亲，还是父母的女儿，我想给孩子更好的教育资源，给老人更好的养老条件，就没有松懈下来的理由。更何况，我想在婚姻里保持尊严和平等。

舒婷在《致橡树》里说："我如果爱你，绝不像攀援的凌霄花，借你的高枝炫耀自己。我必须是你近旁的一株木棉，作为树的形象和你站在一起。"我想像一株木棉，作为树的形象和他站在一起。所以，我必须继续努力。再说呀，我们想要的东西，又何止这些，还有新款上市的衣服、裙子和鞋子，印有大牌 Logo 的包包，方管的和圆管的口红，各式各样的粉底、隔离、面膜、BB 霜……哪一样告诉你可以停下脚步来，一门心思扑在一个男人身上？

奋斗吧，因为想得到的东西还有很多。不管为了房子，还是别的什么。

为什么你要说女人抽烟格外恶心?

一位粉丝向我提问:"为什么大家都会反感女人抽烟?"我是这么回答她的:"我们可以反感抽烟这种行为,但绝不该仅仅因为,抽烟的是女人。"

同样的逻辑还有哪些?你一定听过:

女孩子文身像什么样子?

女孩子就不应该说脏话!

女孩子喝什么酒!

女孩子家家蹲在马路上多不雅……

对,任何人都可以反对文身,可以讨厌骂脏话,可以认为蹲在马路上不雅,这是个人价值观的选择,但为什么同样的事发生在男人身上,就不必受到指责?

我活了二十几年,从未见过任何人指责一个男人:"一个大男人,说什么脏话?"因为太正常了,正常得理直气壮,仿佛一个成年男子,说话不带几个生殖器,就对不起他的性别似的。最可怕的是,就连身边的许多女人都理所当然地认为,男人做以上的事是理所当然的,只有女人做才是伤风败俗。

但是,还有一点被大家忽略了,习以为常和理所当然并不是同一回事。任何人都不应当在公共场合抽烟、喝酒、骂脏话，只是这么做的男人多了，大家就习以为常了，但做这些事并不是理所当然的。如果你一定要批评抽烟、喝酒、骂脏话的行为，请不要仅仅针对女人。

我们生活在同一个世界，但事实上，我们并不生活在同一套道德标准里。世界上最严格的道德标准全给了女人。

念书的时候，对面是一排男生宿舍，天一热，男生们就赤裸着上身在阳台上走来走去，丝毫不顾及女生看到是否觉得辣眼睛。当然，我们并没有任何立场去指责、去制止，因为热嘛，不穿上衣太正常了。但是女人不行，穿少一截袖子，露出一点肚脐，就会被钉上"骚"的标签。更令人忍无可忍的是，当一个穿着稍微暴露的女人，遭遇性骚扰或性侵害，总会有人恶毒地评论："穿这么骚，活该被人摸。"哪里活该了？

有一个词叫"有伤风化"，但我逐渐发现，风化这个词，在大多数场合下，只针对女人。

比如，我有一个男性朋友和一个女性朋友，经常在公众场合打情骂俏，尽管他们并不是情侣。我无数次听人在背后议论，说我的女性朋友不像样，有伤风化，但从未有人指责过当事的男人。

事实上，这种不平等早就体现在我们从小受到的教育中。生了女孩子的家庭，父母会教育她，说话要轻声，吃饭不能发出声音，坐着不能跷二郎腿，走路不能八字脚……是的，良好的教育没有任何问题，可令人费解的是，极少有家长会对自己的儿子提出同样的要求。

这就是我为什么要说"最严格的道德标准都给了女人"的原因。

唉，我多么希望，有一天，这些标准能够普及到男人身上，那我们距离文明就又近了一步，我们的社会，又多了许多绅士。

当然，我并不只为女人申辩。同样，我希望我们的家长能够告诉自己的女儿，要勇敢、要坚强、要独立。我们同样需要见义勇为，而不是遇事躲在男人身后。我们同样需要敢于担当，而不是把过错归咎于我们的性别。我们同样需要养家糊口，而不是理所当然靠男人养活。

我们要承担的责任和义务，从不因为性别而被豁免。除非，因为生理上的限制，比如生孩子真的是女人的事，扛煤气罐上五楼的确应当男人去做。是的，在男女平等这个话题上，否认生理差别，就是要流氓。

话又说回来，关于性别话题，多年以来，最令我费解的，是前几年很火的一件事。有人在微博发了一张图，配上文字评论："为何现在那么多女孩子不懂教养？等个地铁就可以随随便便蹲着，难看不难看？"且不说那两个下蹲的女孩是否正来着大姨妈，是否逛了一天街累到崩溃，是否刚跑了一天业务，我仅仅想知道，如果下蹲的是两个男人，还会不会被人指责"不懂教养"？

我们可以说蹲着不雅，但我们也同样需要明白，这并不仅仅是女性该遵循的教养。如果我们以如此严苛的标准要求一个女人成为淑女，是否也应当以同样严苛的标准，要求一个男人成为绅士？

那件事曾经引发全民大讨论，在所有的网友评论里，我最喜欢的一条是这样说的："女人蹲着像在小便，那男人站着呢？"

女孩子读那么多书,就是为了远离你这种傻×

总有一些傻×,喜欢鼓吹"女人读书无用"的言论——"一个女孩子,读那么多书干什么?将来嫁个有钱的男人就好了。"

如果你不幸念了大学,又念了研究生,将来还准备要读博士,那么,棒呆了,你的身边会有无数的人,跟你重复这句话。

我的一个远房姐姐,就是一个"不幸"的女博士。我亲眼见过一个同乡的男人,也不知哪里来的自信,大过年的,摆出高人一等的姿势给她上思想课。

"你平时都研究什么呀?"

"植物学。"

"植物有什么好研究的?"

"……"

"怎么还没结婚啊?"

"没遇到合适的。"

"哟,都快成剩斗士了……"

"……"

"听说你们女博士不好嫁啊?"

"或许吧!"

你喜欢，
不如我喜欢

▶▷

安稳没有错,平凡最可贵。

可是啊,人生的矛盾之处就在于,

明知平凡难能可贵,偏向风里雨里冒险闯关。

"所以说，读那么多书有什么用？还不如早点找个人嫁了……"

此君脸上得意扬扬，似乎一番唇枪舌剑，就已经成了人生赢家。直到我的那个姐姐，掷地有声地说出了下面的话："我读那么多书，就是为了不嫁给你这种人啊！"一旁默默观战的我，目睹了此君的脸色瞬间变成了猪肝色，那感觉真是——爽翻了！

读那么多书有什么用？读那么多书，既可以选择嫁或不嫁，又可以选择嫁给谁或不嫁给谁。最重要的，是不用嫁给你这样的傻×！

去年，身边一位女性朋友结束爱情长跑，终于领证结婚。另一位男性朋友得知了这件事，傻×兮兮地跟我们讲："××的这个男朋友真是傻，那么多年都熬过来了，换作我的话，就索性等她生个男孩再跟她领证！"

那一瞬间，我就想抽自己两个巴掌，为什么这么没出息，竟然跟这种傻×做朋友！

事实上，每次遇到类似的事，都很懊恼当时读书不够刻苦。如果能多念一点书，找一个更好的工作，或许就能交到更高层次的朋友，不用时常被以下傻×言论气得张口结舌：

"女人嘛，赚那么多钱干吗，最重要的是要顾家。"

"工资再高有什么用，连个孩子都生不出！"

"读再多的书，将来还不是要嫁人！"

……

在这些人眼中，女人永远只有一条出路，就是找到一个有钱的男人，早早地结婚、生子，在数不清的家务里熬成黄脸婆。他们永远不懂女人读那么多书干什么，就像他们不懂女人为什么要拼命工作，为什么要玩命赚钱……

呵呵。先不说女性是不是只有结婚生子这一条出路。我来告诉你们，就算以后一样要嫁人，一样要生孩子，一样要柴米油盐酱醋茶，多读点书，照样有用。比如，我们看到月亮，可以告诉孩子"海上生明月，天涯共此时"，而不是一句："卧槽，好大！好圆！"当然，如果你只想娶一个保姆回家干活，以上的话，当我没说。

真的，人跟人的差距，比人跟猩猩的都大。有些人在为改变世界而努力，钻研怎么治病救人，怎么飞天探月，怎么用诗与远方抵抗眼前的蝇营狗苟。另一些人呢，永远只关心你什么时候结婚，什么时候生孩子，生的是男孩还是女孩。

台湾作家龙应台有句名言："我要求你读书用功，不是因为我要你跟别人比成就，而是因为我希望你将来拥有更多选择的权利。"读书很重要，几乎是这个社会的共识。可对于女人来讲，读书不仅能为我们提供更多选择，更重要的是，能让我们距离平等和独立更近一点点。

过年回家，见到了以前的同学，她一见面就拉住我，开始讲她的老公。那个男人出轨，原来还会遮遮掩掩，谎称自己加班或者出差，后来被抓包了两次，就开始光明正大地夜不归宿，手机也不上锁了，任由她翻看他和那个小三的情话。

"他买了新车，第一时间就给小三发短信，说要带她去车震！"同学捂住胸口，似乎依旧无法接受这个打击，"我气得大病一场，在医院躺了一个礼拜，他居然看都不来看一眼！"

我听得目瞪口呆，完全无法想象那是一副多么厚颜无耻的嘴脸，他对妻子连最起码的尊重都没有，甚至有意用背叛来炫耀自己的本事。

"你跟他离婚啊！为什么不离婚？"我义愤填膺地道。

刚刚还气急败坏的同学，语气一下子软了下去："唉，说得容易。我的工资才一千多块，离婚了带着孩子喝西北风吗……"

我心中一阵悲凉。或许在残酷的现实跟前，尊严和爱情真的不算什么吧。后来她又问了我的情况，七七八八地说了几句家常，临走的时候，她突然感叹道："如果当初多读点书就好了，至少可以养活自己。"

我从来没有一刻比那一秒更深感读书对于一个女人的重要性。多读点书就好了，至少在出轨的丈夫面前，可以理直气壮地要求离婚。哪怕是不离婚也行，你可以"为了孩子"，又或者"因为爱过"，总不至于要说出"为了养活自己"这种令人绝望的话吧？

我实在无法想象，一个女人因为无法养活自己，而长年累月地忍受丈夫理直气壮的背叛是一种怎样的屈辱。说起来可能功利，但读书真的在很大程度上跟我们的经济收入挂钩，多读点书，就能多赚点钱，多赚点钱，才能理直气壮地讲平等、讲独立。

王小波说："一个人只拥有此生此世是不够的，他还应该拥有诗意的世界。"读书的意义，又岂局限于现实层面上？古人早就说过，书中自有颜如玉，书中自有黄金屋，书中有落霞也有孤鹜，书中还有露似真珠月似弓,书中藏着我们的精神家园和灵魂归宿。古人诚不欺我。

当然,古人也有欺我的时候,比如,古人云:"女子无才便是德。"哈哈,我缺德。

女人过了二十五岁就不值钱了?

"女人过了二十五岁就不值钱了。"

朋友,你知道董明珠吗?格力电器的老总,今年六十四岁了。不行的话,王菲总知道了吧?对,就是唱歌那个,今年四十九岁了。还是不了解,回一回家呗,妈妈也上年纪了,等着你吃饭呢。

朋友过了人生的第二个本命年,父母就无数次给她灌输"女人过了二十五岁就不值钱"的观念。就在刚过去的五一,家里又给她安排了一场相亲,对方是一个大她八岁的中年男人,啤酒肚快要顶到餐桌上了,一口牙被烟熏得黑黄。但这完全不妨碍他嫌弃她啊,也不知道哪里来的优越感。男人一坐下来,就沾沾自喜地叼起了烟,对着她一边喷烟圈,一边上政治课:"你们女人还是早点结婚生子好,过几年就不好嫁了。"

这是什么流氓逻辑?二十五岁的女人就自带毁灭属性吗,还是玩游戏再也抽不到 SSR(游戏名词,特级超稀有。一般为卡牌类游戏最高稀有等级)?再说了,大哥,你大人家八岁啊!

随即,男人解释道:"男人不同,男人越老越吃香。"呵呵。哪来的自信?果然是天下奇葩千千万,相亲对象占一半。

然而，像他这样想的人，又何止千千万？在这些人眼里，思想不重要，阅历不重要，内涵不重要，拥有一副年轻的好皮囊，就是一个女人作为高等生命的全部使命。请问你是猴子派来的逗比吗？

早段时间，朋友圈被徐静蕾和蒋方舟刷了一波屏。徐静蕾和蒋方舟一起参加窦文涛的《圆桌派》。四十二岁的老徐说："我根本就不关心男性怎么看我。"她云淡风轻、洒脱自信，半生的沉淀为她撑场，面对结不结婚、生不生孩子的话题，可以干净利索地回答："爱干吗干吗呗！"

二十八岁的小蒋却有些急了，直言："我在两性市场上还处于被挑选的位置。"就连徐静蕾都有些惊讶，这么漂亮又有才华的姑娘，明明就该挑人才对，怎么浑身上下都透着不自信的劲儿？

两相对比，大家似乎都愿意活成徐静蕾，那种独立、自信又略带狠劲的样子，真迷人。女人四十豆腐渣？你开玩笑吧！林青霞、钟楚红、张曼玉、朱茵……至今还被许多人奉为女神呢。

年龄，从不该是判断一个女人美不美的标准。我认识一个爱好摄影的姐姐，三十出头，早早实现了财务自由，一年里有一半的时间在旅游，她跟着摄影团队风餐露宿，吉普车开在辽阔的非洲大草原上，风从耳边猎猎而过，美吗？

还有一个奉行独身主义的姐姐，年近四十了，没有结婚没有后代，就养了一条狗，住在自己的大房子里，闲得无聊就去攻读了研究生，独自背着包到很偏远的地方去考察民俗，美吗？

女人的美有千万种，可在肤浅的人眼里，永远只看得到年轻的肉体。

平心而论，谁都想年轻。可你说女人过了二十五岁就不值钱，我就要抽你大嘴巴了，除非这个女人，本身就除了年轻一无所有。

年轻之所以迷人，是因为它有无限的可能，而上了年纪的女人，已经将种种未知兑现。

我们塑造了独立的人生观和价值观，有拿得出手的工作和爱好，不迷茫，不慌张，心中有力量，不再因为一场失恋而丧尽自尊，不再因为别人的评价而怀疑自我，不再因为对未知的恐惧而彷徨不堪。

我们看了很多书，走了很多路，明白了很多道理，付出过很多努力，才铸就了一个不再年轻但丰富的灵魂。明明就棒了好吗？而有些人却只在乎你的眼角有没有鱼尾纹。你跟他讲学识，他跟你讲年轻。你跟他讲阅历，他跟你讲年轻。你跟他讲沉淀，他还在跟你讲年轻……

肤浅得令人发指，而肤浅的背后，是男权社会对女人的一贯物化。

事实上，不仅上了年纪的女人不值钱，年轻的女人，同样是他们眼中可以随意贴上价码标签的商品。年轻的，漂亮的，是奢侈品。大龄的，普通的，是折价品。仅此而已。他们评判女人价值的唯一标准，就是把她们放到择偶市场去，估量她的美貌，估量她的生育能力，估量她洗衣做饭的勤勉度，能够取悦他们的，就是值钱，不能取悦他们的，就是不值钱。

呵呵。

我还记得早两年，好多人在嘲讽扎克伯格，那么年轻又有钱，怎么娶了个又老又丑的女人，不就是毕业于哈佛医学院吗，那又怎样？唉，我也不知道该怎么解释，反正我即便是再活几个十八岁，也考不上哈佛医学院。不过我知道，他们也永远成为不了扎克伯格，他们的灵魂，还飘浮在几百年前的紫禁城里，幻想面前是黑压压的一片秀女，等着被宠幸被翻牌子。

皇上，醒醒吧，《甄嬛传》演完了，四郎被毒死了。

除了你爸,没有男人会把你当女儿宠

现在的女孩到底被毒鸡汤祸害成什么样了?

前天,有个粉丝叫我给她评评理,到底是她错了还是男朋友错了。他俩一起去超市,那天周末,人特多,结账的人排成了长龙。俩人等了差不多十分钟,女孩子不耐烦了,拎起购物篮就冲到了队伍最前面,要插队。正好她插的是一个大妈的队,大妈立马就嚷起来了:"你这个小姑娘,怎么这么没素质啊!"

丢脸吧?隔着屏幕我都替她尴尬。女孩的男朋友估计也是同样的心情,他赶紧上去跟大妈道歉,顺便把她往队伍后面拉。

"我跟人吵架,他竟然还帮着别人,我当时都气疯了。"女孩子跟我吐槽。气急之下,她就在收银台跟大妈对骂了起来,说了很多难听的话。男朋友起先还是做和事佬,后来干脆就把她手里的购物篮抢了下来,连拖带拽地把她拉走了。

"后来,我们大吵了一架,他一直在说我做得不对,可是,即便是我错了,他作为我的男朋友,也应该无条件地维护我,不是吗?"

呵呵,不是。他是你男朋友,不是你爸。再说,即便是你爸,搁这种情况也得抽你。

越来越多的女孩，分不清恋爱的界限在哪里。在她们心里，他是我男朋友，就应该吃三个月方便面，省下钱来给我买一只iPhone7；他是我男朋友，就要随时捧着一碗热腾腾的米粉，出现在我家门前，哪怕三更半夜大雪封路；他是我男朋友，就要二十四小时随时待命，听我电话等我召唤对我嘘寒问暖；他是我男朋友，就要毫无原则毫无底线，宠我，宠我，宠我。朋友，如果你这么谈恋爱，危险真的离你不会太远。

《我的前半生》里，女主人公罗子君，就是一个被宠上天的女人，她成天拿着丈夫的卡买买买，连最基本的社交礼仪也不懂，一旦失去了丈夫和家庭，她就像被丢进沙漠里的鱼，惊恐无助犹如末日。

如果谈一场恋爱，就连最基本的道德观、是非观、生存技能都要抛弃，那么，这个人一定不是在宠你，而是在害你。关于前面提到的女孩，如果男友跟她一样犯糊涂，两个人一起在超市大吵大闹，女孩的虚荣心是得到了满足，但长此以往，她会变成一个什么样的人？刁蛮、骄纵、不辨是非。谁又愿意和这样的女孩做朋友？谁又能这样纵容她一辈子？

退一万步讲，哪怕你真的想找一个把你当女儿宠的人，也得先明白一点，爸爸不会这样宠女儿，爸爸会把你捧在手心，但也会教你做人的道理。

现实生活中有没有把女朋友宠上天的呢？有。

我听过有男生日晒雨淋，打了一个暑期的工，筹钱带女朋友一起旅行。也听过有男生在冰灾封路的时候，徒步几天几夜去找滞留在火车站的女朋友。还听过有男生为了每天让抑郁症的女朋友开心,去跟马戏团的小丑学习戏法。

说实话,作为女生,我真有点小羡慕。同时,我也明白,成年人的世界,没有任何人有义务,无缘无故且不求回报地对你好。有人宠你是幸运,你要珍惜这份幸运,不是胡搅蛮缠,不是无度索取,更不是像个公主一样颐指气使。你是在找男朋友,不是在找爸爸,你已经长大了,就要像成年人一样谈恋爱。

他送你iPhone,你是不是也能送他一双跑鞋?他给你煮米粉,你是不是也能给他做一顿早餐?他替你摆平麻烦,你是不是也能长点心,少给他找一点麻烦?

别整天沉浸在那些不切实际的幻想中,白马王子宠你,七个小矮人也宠你,连隔壁童话故事里的青蛙王子和龙骑士都宠你。做做梦就好,现实生活中,梦是不存在的。

爸爸出轨了，但我更痛恨妈妈

　　同学的爸爸，在他念初中时出轨了。小三是个高高壮壮的女人，跟他爸爸交往了大半年，就飞扬跋扈地跑上门挑衅，把他妈妈堵在门口羞辱，最后两个女人动起手来，相互扯着头发扭打成一团。年少的他，目睹了这一幕。

　　他告诉我，他永远不会忘记，自己跑过去的时候，那个女人正用高跟鞋砸妈妈的头，一下又一下。妈妈的脸因为疼痛而扭曲，手却依然不肯放松，死死地抓住那个女人的胳膊。复述回忆时，他已经念大学了。彼时爸爸不再遮遮掩掩，光明正大地在两个"家"之间兜转，而那个女人，也为他生下了一个孩子。

　　"你一定很恨你爸爸吧？"我问。

　　"起初是这样的，但后来，相比于爸爸，我更痛恨妈妈。"他埋下头，压低嗓音回答我。

　　同学告诉我，爸爸出轨后，他的家就变成了人间地狱。妈妈永远暴跳如雷，地板脏了，她破口大骂，水洒了，她破口大骂，就连他吃饭稍微慢一点，她都要破口大骂："你们都是一群讨债鬼，不把我活活气死不会甘心的。"

他说，那几年，只要踏进家门，那种密不透风的窒息感就会迎面扑来，他处处小心翼翼，却处处不讨妈妈喜欢。爸爸的出轨行为，让妈妈变成了一个泼妇，她的满身恶意无法发泄，就悉数从他身上讨回来。

有时候，妈妈会平静下来，筋疲力尽似的，卸下一身愤怒，好好地跟他说会儿话。可是，同学告诉我："天啊，那简直是一种酷刑，我宁愿听她发脾气！"

她究竟讲了什么？

"要不是为了你，我早就离婚了。"

"这些年当爹又当妈，我容易吗？"

"你以后要是没出息，我这些年就白付出了。"

……

同学说，他仿佛是造成妈妈所有不幸的罪魁祸首，理所当然地要替父亲还上所有的债。那种负债感，几乎就要压垮他。

不幸的家庭总是相似，一个不忠的丈夫和一个怨妇妻子，简直就像下雨天和巧克力一样相配。丈夫永远气焰嚣张，光明正大地外出留宿，妻子永远气急败坏，怨天怨地怨风水。还有一个无辜的孩子，无穷无尽地忍受，忍受妈妈数落爸爸、爸爸背叛妈妈。

我的另一个朋友，也成长在这样的家庭。他说，起初，他很同情妈妈，甚至想过给小三泼硫酸，为妈妈出一口恶气。但几年以后，他的态度完全改变了。他说："我亲眼看着妈妈变成一个怨妇，她以前总是打扮得漂漂亮亮，周末在家煮茶、写字。后来呢，她再也不打扮了，天天蓬头垢面的样子，动不动就竖起眼睛，一点不顺心就破口大骂。"

母亲节，朋友给妈妈买了一束花，兴高采烈地拿回家，准备给她一个惊喜。可是，你猜他的妈妈有什么反应？她接过花就开始数落："你爸以前也会送我花，现在还不是一样被狐狸精迷住，你们男人没一个好东西！"

朋友说，那一刻，一个可怕的念头涌进他的脑海——如果我是爸爸，也不会跟这样的女人过一生。

多么令人心惊肉跳的句子啊！它是从一个儿子嘴里吐出来的，用来形容他的亲生母亲。我几乎能感受到他内心的矛盾、挣扎，他明知这样对母亲太不公平，明知父亲才是那个始作俑者，却又无法抑制住对母亲的憎恨——为什么不离婚？离婚了，他就不用每天活在那个地狱里。

为什么不离婚？

每次有公众人物出轨，这个话题都要被拿出来讨论一次。总有人会大言不惭地说："男人嘛，出轨很正常。"但在这个问题上，我始终坚持要离，义无反顾地离，破釜沉舟地离。不是从道德角度来批判，每个人的道德底线都是不同的，有什么好讲？而是稍有生活阅历的人都知道，原谅，是一件难于登天的事。

我们根本无法原谅，更别提和好如初了。只要一闭上眼，那些画面就会冲入脑海，你深爱的男人跟另一个女人躺在床上，说你们曾经说过的情话，做夫妻之间才能做的事……这样一想，任何有教养的人，都会忍不住咬牙切齿，被愤怒冲昏头脑。

我在后台收到很多遭遇过背叛的女孩的留言,情况都十分类似。在选择原谅对方后,她们变得疑神疑鬼,热衷于翻看对方手机,不允许对方跟异性有一点联系,稍微有一点导火索就吵得不可开交,最后把感情变成一场相互折磨的拉锯。那个原先赌咒发誓求原谅的人,现在恶脸相向破罐子破摔,只求放过彼此。

对啊,我不仅要劝遭遇背叛的人离开,还要劝背叛的人,千万不要相信对方真的能够心平气和地原谅你。你们的生活,从你选择背叛的那一刻起,就彻底破碎了,再不可能回到从前,而孩子,总归是无辜的。放过孩子吧!他不该替父母还债,不该活在争吵和数落里,不是你不离婚的理由,更不应成为你失败的感情中唯一能抓住的救命稻草。

我们费尽力气,才获得堂堂正正体面做人的资格,绝不应为了一个背叛的人,终生沦落成泼妇的样子,站在菜市场前用脏字骂街。那个东西,不配。

"你的世界以后没我了""哈哈,太好了"

你是不是也这样?说出那句分手后,就开始幻想他的世界没你了,该有多寂寞多无聊?

失去联络的十几个小时里,你每分钟要看几十次手机,屏幕是黑的,那头没有信息,你抱着枕头痛苦得发疯,辗转反侧却又忍不住想:或许,此时此刻,他也一样痛苦吧,又或许,下一秒钟,他就会来找你。

朋友说,分手短信发出去以后,她的生命像被按下了慢进,每一秒钟都像六十分钟一样漫长。

故事很简单,男友出轨了,跟一个夜店认识的女人在一起了,他们喝醉了酒,仅凭一面之缘就滚上了床。她在手机里发现了蛛丝马迹,那个女人饶有兴致地约他:"什么时候再来一次?"就这样,她提了分手,还在众目睽睽下扇了男友一巴掌,带着一腔奔流到海不复还的决心。

愤怒时的决心,哪里敌得过独处时的煎熬。她闷在被子里哭,牙齿咬得作响,前一秒是愤怒,后一秒又是妥协,她要怎么离开他啊?他是她的初恋,在一起整整七年,他们一起去念书,一起去旅游,一起说过天底下最浪漫的誓言,她从未设想过,有一天,他的世界会没有她。

她把他送的戒指扔下了楼,又像疯了一样去草丛里寻找;删掉的照片,正在四处找人复原。她盯住手机屏幕,眼睛都不敢眨。她想,他一定也在后悔,一定也会不舍,一定也因为失去了她而颓然,而痛哭,而酩酊大醉。

或许,下一秒,他的短信就会进来,她甚至脑补好了,如果他要求复合,她该怎么回复才好。可是,没有,什么都没有。直到第五天的深夜,她终于熬不住了,给他打了一通电话,那头声音很慌张,吞吞吐吐地问她什么事,而后,隐约传来一个女人慵懒的声音:"谁啊,大半夜的?"

电影《从你的全世界路过》里,小岳岳送柳岩上出租车,强笑着嘱咐柳岩:"燕子,你的世界以后没我了""再见的时候你要幸福""你要开心,你要幸福好不好"……

他一定放不下柔弱的燕子,会担心她的钱够不够花,有没有摆不平的事,会不会孤身一人被欺负,可是,真正离不开的是燕子吗?不是,是那个被出租车远远甩在身后的小岳岳。

他终于崩溃痛哭,追着扬尘而去的出租车,一边跑一边哭,喊出那句真心话:"燕子,没有你我怎么活啊?"

是啊,没有你我没法活,因为我视你如同生命本身。可是,谁又愿意承认,自己视若生命的感情,在别人那里,如草芥般一文不值?

所以，你才会一遍一遍地纠缠，你爱不爱我？你有没有爱过我？你有没有爱过我，哪怕一秒钟，哪怕一点点。

即便这些都得不到答复，至少，他也会在夜深人静的时刻，有那么一点点难过吧？就像你现在这样，你们一同经历了那么多欢乐，也应当共同承担此时此刻的痛苦，不是吗？不是的。有一部老电影叫《独家试爱》，影片中很爱妻子的丈夫出轨，跟妻子分居后，就若无其事地跟小三同居了。

年少的我一直不懂这个细节，他怎么可以这样？怎么可以前一秒爱着妻子，后一秒就愉快地翻篇了？直到如今，我见证了许多情感的磨难和人性的种种，才恍然大悟：哦，人就是可以这样的啊！

人就是可以这样的啊！失眠是你的，哭泣是你的，想念是你的，无穷无尽的漫漫长夜都是你的。他在聚餐，在蹦迪，在游戏里打个昏天黑地，在叫别的女人"宝贝"，唯独没有想起你。

你不愿承认的，都是真的；你不想接受的，都是真的。所以，别再求证了，别再纠缠了，别再念念不忘了，别再往复回头了，别再自我折磨了。放过自己，好吗？

谁说女人只想坐宝马了？我只是不想坐自行车

你想在宝马里哭，还是在自行车上笑？

朋友，真的不能花个十来万，买一辆普通的代步车，坐在里面哈哈大笑吗？

朋友跟交往六年的男友分了，因为没钱。那个男生穷到什么地步呢？毕业四年了，依旧拿着三千多元的工资，租的房子有点远，就每天蹬着辆自行车，风里来，雨里去。

刚毕业那会儿无所谓，反正年轻嘛，大家都穷。可是几年过去了，朋友的工资翻了一番，男生依旧拿着三千多元的工资，原先的开销 AA 制，已经变成了三七开，男友三，朋友七。转眼就到了结婚的年纪，少不了要开始讨论买房的事，朋友算了又算，除了生活花销，她的工资勉强可以负担一半的房贷，可另一半呢？谁都指望不上。

一个女人最绝望的时刻，就是办大事的时候，身边的男人指望不上。可男友理直气壮啊，谁说结婚一定要买房啊，租房不行吗，这些年骑着自行车去上班不也挺快乐的吗？朋友追问，那孩子呢？要不要孩子？孩子要不要吃喝拉撒？要不要上学？学籍怎么解决？

男友语塞，一个都回答不上。或许，一个心安理得地骑了几年自行车的男人，从来没有考虑过这些问题，又或许，他压根儿不愿想。

直到有一天，刚下过一场雨，男友又载着她，骑自行车去上班。经过一个低洼，旁边突然驶来一辆小汽车，来不及躲闪的朋友，被泥水溅了一身。

太狼狈了，怎么会这么狼狈呢？她等等等等……等了六年，为什么还要坐在这辆自行车后面，弄得满身污秽狼狈不堪？

世人都问要在宝马里哭还是自行车上笑，可是每天都坐自行车的人，根本就笑不出来啊！更令人绝望的是，这辆自行车，她到底还要坐多久？男友又辞职了，这是他四年来换的第 N 份工作，因为嫌辛苦，怕累。他没有了收入，她就要负担所有的生活开销，鞋子早在一个月前开胶了，裙子的拉链也坏了，可是她什么都不敢买……

绝望，太绝望了，不如分手吧。

分手以后，朋友当然没有坐上宝马。世界上哪有那么多宝马？

她嫁给了一个什么样的人呢？一个普通人。普通得如你我一样，朝九晚五上下班，拿普通的月薪，跟她一点一点攒钱，在工作的四线城市付了首付，还买了一辆二手车。

她还是没有坐上宝马，但可以开心地笑了。

现实是摆在每个人爱情面前的一道坎。可是每个人的爱情，都要在现实面前找到一个平衡点。

事实上，绝大多数放弃自行车的女人，都没有坐上宝马。她们过的依旧是普普通通的生活，依旧要为柴米油盐发牢骚，依旧要抱怨空调太耗电，楼下的水果太吃秤，孩子还是在上普通的幼儿园，想请一个阿姨却还是请不起。

可生活，总归是一天比一天好的啊。银行卡的余额是日渐增加的，大家会升职会加薪，几年前为买房发愁，几年后可以考虑买一辆小汽车，再过上几年，小房就可以换成大房……

每一步都不见得来得轻松，可是它有希望啊！但凡有希望，生活就不算太苦。

再换一种说法。一个二十几岁的年轻人，可以穷得理直气壮，可是三十岁、四十岁呢？

是啊，人生多艰，到了三十岁、四十岁，生活好像还是没什么起色，可是你能不能，不要在二十岁的时候，就让人预见了这漫长的一生要受的苦？

你又要说了，在爱情面前，受一点苦不算什么。可如果要苦一辈子呢？更可怕的是，不仅她要跟着你受苦，她的孩子也要受苦，多令人绝望！

一个工薪家庭的孩子，要凭借自己的努力买宝马、买奔驰，难，很难。可是我相信我们的时代，不会让一个足够努力的人，养不起家，糊不起口。

她想天天吃燕窝鱼翅，你可以说她欲望太多，但她只想这一餐有肉吃，下一餐还有肉吃，又有什么错？

你看看这世上多少傻女人，打也打不走，骂也骂不走，伴侣跟别人上了床，还是不肯走，怎么一辆自行车，就被吓跑了啊？

因为你的爱情，太廉价了，廉价到只值一辆自行车。

选宝马还是选自行车？

我想起了另一个问题：两个男人，一个有一百万，却只肯给你十万，另一个只有一百块，却愿意全部给你，选哪个？

我给出的答案是这样的：如果你有生活压力，选前者，如果你没有生活压力，选后者。但如果真正有得选，我想，大多数女人，更愿意选择一个只有十万块，却愿意全部给自己的人。

中国式绝望主妇：一边闹离婚，一边生二胎

朋友圈又有人生二胎了。

她把孩子照片放到网上，是个小男孩，眯着眼睛很可爱，但在所有照片里，从来没有出现过孩子的父亲。因为他们早就分居了。丈夫在外面有了女人，她不是不知道，前两年吵得厉害，差点打到派出所去。后来吵不动了，就各过各的日子，心照不宣似的，她不过问他在外面的事，他呢，每周依然回家两次，还会给妻子孩子生活费。

她不愿意离婚，这是朋友圈公开的秘密，因为她始终放不下那个男人，再者，她也没钱。

可是，这个突如其来的二胎，还是出乎了我的意料，一个女人，怎么会愿意跟这样的丈夫生下第二个孩子？

或许她自有她的打算，但在我看来，这却是对小生命极大的不负责。

其实这种事挺常见的。

我认识一个女人，跟丈夫早没感情了，倒不是出轨，而是被生活琐事磨的。丈夫是个甩手掌柜，不靠谱到什么程度呢？她跟我们讲过一个细节，怀第一个孩子时，她曾摔过一次跤，肚子撞到地板上，登

时吓得她一身冷汗。丈夫呢，抬了抬眼皮，见她已经自己爬了起来，就接着玩游戏了。

结婚三年，他们吵得就差没掀房顶了，中途闹过几百次离婚，甚至还找了离婚律师。可是，就在最近，她突然跟我们说："我想再生一个孩子。"满座的人惊得下巴都掉了。我们问她："但你不是天天要跟老公离婚吗？"

她尴尬地笑了笑说："我问过律师了，我们这种情况离婚，孩子多半会判给他，如果有两个孩子就不同了，我总能争取到一个孩子的抚养权吧！"这逆天的逻辑，令人瞠目结舌。

到底有多少家庭，一边忙着闹离婚，一边忙着生二胎？我不知道他们是否想过，出生在这样的家庭，对孩子而言意味着什么。

曾有读者告诉我，她不仅恐婚，还有些厌男，因为她极度憎恨自己的父亲。从她记事起，家里就永远是战火弥漫。父亲打母亲，把她拽到走廊上，扒掉她的上衣，骂她是个不要脸的贱货，还叫左右邻居来看。她永远记得那一幕，母亲像个沾满血污的玩偶，绝望地、毫无生机地耷拉着头，任由眼前的男人抽她的耳光，用言语羞辱她。这样的故事，在她家直播了十几年。

起初，妈妈不愿离婚，是因为有她。后来，妈妈不愿意离婚，是因为有她和妹妹。再后来，妈妈不愿意离婚，是因为有她、妹妹和一个小弟弟。

读者是来咨询我的，她问我："北北姐，妈妈不愿离婚，真的是因为我吗？"我看到那行字时心头一颤，我不知道这个女孩背负了多少年的沉重枷锁。

多少父母,一辈子都未曾认真想过,为什么要把孩子带到世上来。他是一个人,人有呼吸,人有思想,人有悲伤,人有喜怒,人并不只靠阳光、空气和食物成长,他还有一整片情感的空白区域,需要去填满。可是为人父母,你们在那片空白区域里,种下了自卑,种下了恐惧,种下了绝望,乃至种下了仇恨。

爸爸不爱妈妈,妈妈也不爱爸爸,爸爸打妈妈,妈妈又哭了。

"我痛恨他们,为什么要把我带到世上来。"我曾经写过一篇关于出轨的文章,有一个读者写下了这样的留言。

敏感的幼年时期,亲眼见证父亲和母亲的失败婚姻,给孩子带来的影响,是不可估量的。

我的一个大学同学告诉我,直到如今,他还时常在噩梦中惊醒,梦到爸爸妈妈站在客厅中间吵架,爸爸把烟灰缸朝妈妈砸去,妈妈尖叫着让爸爸去死。

他已经二十七岁了,一米八的高个子男孩,成长给了他强健的骨骼和身躯,但心底里那道伤痕,却始终未能愈合。因为骨肉至亲,所以伤得最深。

然而,对很多父母而言,生殖仅是本能和冲动。

"别人都生了啊,我们也得生。"

"都开放二胎了,为什么不生?"

"两个人多无聊,生个孩子来养养。"

我甚至见过有些女人,试图用孩子来挽留一个男人的心。

老家的大院里有个女人，丈夫的心早就不在了，宁愿净身出户，什么都不要，只要跟她离婚。女人没了主意，就去问娘家人，娘家人给她支了个招："你生个孩子，就能把他拴住了。"后来呢？孩子生了，婚也离了。

好了，又回到那个老问题上，婚姻走到难以维系的那一步，到底要不要离婚？我是向来支持离婚的。即便单亲家庭并不完整，但至少可以给孩子一个没有硝烟的家。但我同样能理解，很多女人，用了一辈子的时间，也无法做出止损的决定。情感上斩不断，经济上不独立。

我不是当事人，当然不能站着说话不腰疼，对着所有人高喊"离婚啊，离婚啊"。但是，孩子是无辜的，已经卷入战场，尚且在受煎熬，而你，又何忍一个新生命，陪着你受无穷无尽的苦。

然而，深陷情感泥淖里的人，本质上都像赌徒：无法及时止损，反而追加成本。

"他不爱我，我跟他上床试试，应该能打动他吧？"

"男朋友劈腿了，但我们已经在一起三年了，哪能说分就分呀？"

"虽然他不是理想结婚对象，但说不定结了婚会变好呢？"

"结婚后日子过不下去，我们再生个孩子吧！"

"一个孩子还不完整，四口之家才够温馨……"

赌完青春赌终生，赌完终生献子孙。到了最后才发现，这张缚住自己的茧，都是自己一针一线织出来的。就像开头提的那个朋友，还没出月子，她已经开始诉苦，丈夫时常去小三那里过夜，婆婆也不照顾她坐月子，大儿子刚尿了裤子，小儿子又开始哇哇哭……我能想象她的痛苦，但实在无法同情她。因为成年人做出的任何选择，都必须自己承担后果。

你选择软弱，你选择逃避，哪怕现在所处的环境已经足够糟糕，你还是没有勇气迈出这个安稳的情感废墟。你一次一次地妥协，再一次一次地割让，就必须要接受终将到来的最后僵局。

"我跟老公早没感情了，但我又生了二胎。"

生了二胎，然后呢？

男人说要养我，我会高兴地跳起来

网上热转过一条微博。

"我养你真是特别动听的情话，很容易就叫人头晕目眩，火花四溅。但建议此时的你冷静下来，给对方认认真真算一下，你每个月一日三餐、护肤美妆、衣包鞋帽、游戏氪金（原作'课金'，特指在网络游戏中的充值行为）花多少，和朋友下午茶、看电影、去旅行又要花多少，全部加起来，'大约是这么多钱'，你问他，'养我的意思就是说，以后你每个月要给我这么多钱吗？'这火就灭了，人也精神了。"

可不是吗？我们女孩子都是行走的烧钱机器，脸很贵，指甲很贵，衣服和包包都很贵，你可不要吹牛，轻易养不起的。但是，真诚地讲，如果有个男人说要养我，我不会跟他们讲上面的任何一个字，更不会直截了当地用一句"你养不起"摁灭他的一腔精神气。因为不管哪个时代，一个少年珍惜你的心，都弥足宝贵。

我向来强调女性独立。但我总觉得有些时候，很多女孩走向了一个反的极端，像一只斗鸡一样，孤独、敏感、雄赳赳地活着，生怕别人冒犯分毫。

有人告诉过我，她从不占男友便宜，每次吃饭都坚持 AA，就连开房的钱，都是各人轮流付。我很欣赏她独立的精神，但这句话总让我感觉别扭。

还有人跟我讲，有一回她惹了点小麻烦，要赔一笔数额不小的钱，借遍了所有朋友，就是没有张口跟男友提起。因为不想让他误会自己是在贪图他的经济便利。同样，我尊敬这个女孩，但每回想到她倔强的神情，都会由衷地想要抱抱她。

我们女孩子行走在世上，不想占任何人的便宜，我们有手，我们有脚，我们有工作，我们有思想，我们有意志，我们配得上一切赞美和尊重。但即便骄傲得如同一身铠甲的女战士，我还是希望，有那么一个人，能让我们的心倏忽地柔软。

累了的时候，可以坦然地告诉他，我累了。想哭的时候，能够放肆地趴在他肩头哭。偶尔还可以跟他撒娇："今晚想吃西餐，不如你请吧！"

我愿意跟你 AA 制，但如果你请我吃饭，我会超开心的。

好多年前，电影《喜剧之王》里，尹天仇对柳飘飘说："我养你啊！"柳飘飘说："你先照顾好自己吧，傻瓜。"随后，柳飘飘坐进出租车，感动得泪流满面。尹天仇当然养不起柳飘飘，一个跑龙套的，拼死拼活也只能换一顿鸡腿饭，拿什么来养夜总会的舞女？然而，这一幕动人心弦的地方就在于，柳飘飘没有像今天的情感博主一样，趾高气扬地扔下一句"你养不起"，她知道，这个一无所有的男人想养她的心是真诚的。她又何忍去拆穿他？

他只是想养你，又有什么错呢？为什么要把他的自尊踩在脚底，来彰显你不花男人一分钱的决心？不，真正的独立女性，绝不需要随时亮出自己的铠甲，硬邦邦地对着世界逞强。

我们有资本坚强，也有资本柔软，更难能可贵的是，我们自己坚强，偶尔，也去保护他人的柔软。因为我们是在谈恋爱。谈恋爱，天上的云朵都像棉花糖，软软的，甜甜的，可以咬下来吃一口，哪用得着时刻绷紧那根弦，随时准备弩拔弓张？

"我养你啊！"

我当然不需要你养。

事实上，也没有任何人能够真正负担得起他人的一生，靠山山会倒，靠水水会流。嫁得好，从来都不如干得好。"我养你啊"四个字，不过是少年一时情迷夸下的海口，就像他说愿意为你摘星星、摘月亮一样。

你听过，笑一笑，坚硬的心里有一汪温泉流过，那就够了。余下的，什么都不必多说，真诚地抱一抱你的爱人，对他温柔一笑："宝贝，谢谢你，但是马上就要迟到了，我得去上班了。"

谢谢你，是真的。但我要去上班了，也是真的。

▶▷

CHAPTER 2

对不起,我丑到你了

/ /

一个真正见过世面的人,该懂得包容多元价值。我们的世界需要霓虹灯,需要高架桥,也需要烟火气,需要人情味。大城市鄙视小城市的样子,不仅傲慢,而且无知。
哪里都有丰满的灵魂,哪里都有贫瘠的腐朽。

你喜欢,
不如我喜欢

/ /

▶▷

妄图改变一个人,
原本就是恋情的大忌。

大城市凭什么鄙视小城市？

人类的鄙视链无处不在。一条就是，生活在大城市的，看不起生活在小城市的。

不知道为什么，近年来的文章里，大城市总是秩序井然、生机万丈、充满理想的形象，而小城市则往往被扣上脏、乱、差，不讲秩序、野蛮不堪的帽子。所有鸡汤都在告诉你，大城市才有理想，大城市才肯定奋斗，小城市是适合养老的，一个年轻人如果选择回到小城市，那就是不上进、没出息、思想僵化、行动保守。

说实话，我很难想象，如此狭隘的论调会出自一个见过大世面的人嘴里。不可否认，大城市的确有它的魅力，它的公共设施和人文素养，是小城市短期内难以企及的。但是，年轻人选择了小城生活，真的就这么不可原谅吗？未必。

生活篇

大学毕业以后，我在一线城市工作了两年，随后回到四线城市。我在这里过着一种怎样的生活？

早上起床，楼下是早餐店，要吃肠粉和粥粉面，六元钱就可以加蛋加肉。步行到单位，只需要十分钟时间，下雨天可以打个滴滴，不用跳表。下班回家吃完饭，过一条斑马线，就是超市和健身房，出了一身汗，去买点零食和家用。如果不急着回家，可以去楼上电影院，看一场十二点才散场的电影，不用怕晚，反正家就在马路对面。

安逸吗？安逸。可耻吗？不可耻。因为我们生活的目的，从来不是为了忙碌。那些消耗在交通、排队上的时间，并没有多么伟大光荣的意义，而这些时间，我可以用来翻几十页小说，看一期综艺节目，给老人打一通电话，陪孩子做一个游戏。我要为这些时间正名。我在小城市，同样没有虚度光阴。

房价篇

我生活的城市，距离广州一个小时车程。在广州没有限购之前，这里的房价均价大约五千元/平方米。一个刚毕业的大学毕业生，不管你是做销售、做策划还是技术类，一个月工资大抵可以买一平方米的房。如果你有男朋友或女朋友，一起筹钱买一套小户型，并不是一件太困难的事。事实上，我身边的同龄人，很多人名下已经挂了一套房产。

当然，买房从来不是买白菜。在这里，依旧有很多家庭倾尽毕生之力也买不起一套商品房。但我们在这件事上的压力，相对大城市要小得多，总归是没有异议的。

那么，在一件刚需商品上耗费的心血越多，是否就真的越值得夸耀？又或者，大城市的一套房承载的意义，真的比小城市多吗？同样不见得。房子到哪里都是家，我们五千元/平方米的天花板下面，同样是亲人和爱人。

奋斗篇

大城市最令人向往的，是它的相对公平。它肯定一切人的价值，鼓励一切人的奋斗，北上广深处处是机会，上升通道无限宽广。

我写过许多文章告诉年轻人，我们永远不能停止奋斗。小城市，在许多人眼里，就是吃饭睡觉打豆豆、喝茶看报打麻将。那么，如果我告诉你，我曾在这座小城，每晚加班到深夜两点呢？

那年冬天，我们几个女孩子，从办公楼出来的时候，路上连出租车都没有了。我们用围巾裹住脸，把手插在衣兜里，缩头缩脑地走回去，深夜的冷风吹到脸上，同样是奋斗的味道。

当时合租的还有一个女孩，她做地产中介，从早上八点，一直忙到晚上十点。她是许许多多在小城市努力工作的女孩的缩影。

到底又是谁用一句"温水煮青蛙"、一句"不思进取"、一句"贪图安逸"，就抹杀了我们所有的努力和价值？凭什么？

秩序篇

很多文章会告诉你，小城市不讲规则，是一个人情社会，凡事都有潜规则。类似的现象的确存在，比如去医院看病，几乎大家会第一时间想到去哪里找个熟人。如果你人脉宽广，在小城市事事都能找到绿色通道。但如果你觉得没有人情寸步难行，便好像一些外国人对中国的印象，还停留在二十世纪六十年代遍地是小茅房一样。

我不敢说乡镇和农村的情况，但如今在四五六线城市，公共秩序真的不见得是乱哄哄的，至少在我去过的几个小城市里，鲜少见到过马路不看红灯、随地吐痰等现象。至于去政府办事，去医院挂号，不可否认，托人情找关系的确会享受一定便利，但不托人情就真的办不成事吗？不，所有窗口单位的服务评价器，都不是摆设。有人情，快，方便。没有人情，按规章办事。你的偏见，更多来于傲慢。傲慢地认为小城市还像许多年前一样，落后、呆滞、腐败。

人情篇

我为什么留恋小城市？因为我的亲人在这里。

我每个周末都去父母那里吃饭，带着丈夫和孩子，热热闹闹地聚在一起。

我的朋友和同学，很多住在同一个小区，晚上可以约喝甜品，也可以约看电影。

我的手机可以整天关机，不会有更急的电话，所有我关心和担心的人，都有我家的钥匙。

最令我迷恋的，是这座城市里，有陪伴了我几十年的味道。河边一条街，是美食夜宵档，一到晚上九点，一片闹哄哄的喧嚣。洒满孜然的烤串和冰镇的啤酒，菜牌上是家乡的味道，人们坐在夏夜的凉风里聊家长里短——谁又找了女朋友；明晚一起去哪玩；新开的那家菜馆真好吃，改天去试试……

四处都是乡音。四处都是热情。四处都是家。

我迷恋家的味道。

大城市繁华、诱惑、饱含机遇，但小城市，同样能容下一个人的理想和抱负。年轻人在大城市为了理想而奋斗，值得点一万个赞，但在小城市里怀着一腔赤忱的年轻人，同样值得肯定。

我们的理想是星辰和大海，这句话荡气回肠，魄力十足。但那些想要平凡生活，并且踏踏实实地编织平凡生活的人，同样值得尊重。

一个真正见过世面的人，该懂得包容多元价值。我们的世界需要霓虹灯，需要高架桥，也需要烟火气，需要人情味。大城市鄙视小城市的样子，不仅傲慢，而且无知。

或许鲜有人知道，伟大的哲学家康德，一生没有出过远门。他一生的活动范围，以家乡哥尼斯堡为圆心，几乎没有超出半径 100 公里以外的地方。但是，那又怎样呢？

哪里都有丰满的灵魂，哪里都有贫瘠的腐朽。

"我都道歉了,你凭什么不原谅?"

许多人道歉,不是为了说"对不起",而是为了对方的"没关系"。

A同学家贫,B同学丢了钱,一口咬定就是A同学偷的。他当着众人的面,去翻A同学的衣柜,把衣服掀了一地,骂他是"穷山恶水出刁民"。钱没找到,B同学就四处中伤A同学,说他一定是惯犯。A同学呢,因为这个污点,失去了那年的助学金。不多,三千元,但对他来讲,特别多。

A同学越来越孤僻,一个人吃饭,一个人去上课,像一个沉默的影子。直到有一天,宿舍大扫除,发现那张不翼而飞的钱,就躺在B同学抽屉底下的夹缝里。B同学向A同学道歉,A同学却前所未有地愤怒,他狂躁地捶打桌子,把牙齿咬得作响,不等B同学说完,就摔门而去。B同学说:"多大点事啊,我都道歉了,他至于吗?"

从此,他不再说A是小偷,开始逢人就说:"A真小心眼,屁大点误会,至于吗?"他至于吗?那一年,A同学的爸爸,因为那笔意外落空的助学金,准确来说,是因为那丢失的一百元钱,去给人做短工,被掉下来的梁木,砸断了腿。

女生堆里造谣,一夜之间就传遍了,班上那个漂亮的女生,情感史不清白。一传十,十传百,添油加醋,版本各异。后来发展到,女生想借用一下舍友的晾衣架,刚拿到手里,就被一把抢过去:"谁知道你有没有脏病。"

她愣在原地,没有作声,扭干手里的衣服,直接搭在了窗台上。从那以后,她的衣服,再不跟她们的晾在一处。彼时女生有个谈了两年的男朋友,准备毕业结婚。男朋友妈妈来学校看儿子,刚好听到了几句闲话,回去说什么也不同意了,就这样,分了。

直到毕业那晚,大家都喝多了,才有另一个女生醉醺醺地举着酒杯过来告诉她,因为自己一直暗恋她的男朋友,出于嫉妒,就编派了几句是非,没想到会传成这样。她向她道歉,并恳求她原谅。向来要强的女生,突然号啕大哭,比那一次失恋还哭得凶,她止不住战栗咬紧牙说:"我到死都不会原谅你的。"

气氛一下变得尴尬,道歉的那位一转身就翻了脸:"不原谅就不原谅,有什么了不起。"

好多年前,韩国有一部电影,叫《密阳》,讲一个中年丧夫的女人,独自带着儿子,来到了密阳这个地方。正要重新开始生活,儿子被人杀害了。痛不欲生的她,开始信教。教众们劝导她学会宽恕,学会原谅,她每天跟着做祷告、念经,真的就相信自己能原谅那个罪犯。

直到她去监狱看他,那个杀害她儿子的凶手,一脸祥和地告诉她,早在她原谅他之前,他就已经得到了上帝的谅解。女人像疯了一样愤怒地冲出监狱,狂风暴雨似的开始了她的报复行动,她还没有原谅他,上帝凭什么原谅他?凭什么?

一个人把另一个人推下水,随后又去救他,但在救人的过程中,这个人遗失了一部手机。

等他们都上了岸,推人下水的人,会埋怨道:"为了救你,我的手机不见了。"他不会记得,就在刚刚,被他推下水的那个人,差点丢了命。

两个小孩玩耍,其中一个往另一个身上泼了一杯滚烫的水,另一个小孩皮肤大面积烫伤,号啕不止。

受伤小孩的家长,狠狠地骂了泼水那小孩。另一边的家长却护起短了:"小孩子家家的,做错点事,道了歉还想怎样?"

我不是不想原谅你,而是不能原谅你。因为那两个字一旦说出口,我再也无法面对那个彻夜痛哭、饱经煎熬的自己。我不能背叛过去的自己,不能背叛我的心,它还在受苦,我有什么资格原谅你?

是的,你道歉了。你的道歉,在我的心里下了一场雪,那些委屈和冤屈,可以洗刷了。但在那之前,我承受的煎熬和屈辱,丧失的尊严和人生,是抹不去的。它就在那里,在噩梦里,在眼泪里,在写满挫折的命运里。

世人都知"以德报怨",但鲜少有人知道,这四个字的后面,跟着的是"何以报德"。

以德报怨，何以报德。

那么，何以报怨？孔子说，以直报怨。

电影《亲爱的》里，黄渤对人贩子的妻子说："我顶多做到不恨你，这到头了。"

我不恨你，已经是我能做到的全部。

年少时看《神雕侠侣》。一灯大师拖着行将就木的裘千仞，到瑛姑跟前，去祈求原谅。

很多年前，裘千仞还不是这个奄奄一息的裘千仞，那时候，他有一身绝顶的武艺，一掌拍打在瑛姑刚出生的孩子的胸口，还要发出朗朗笑声。孩子没了，瑛姑终生活在仇恨里。若干年后，她见到了凶手，但从前杀害自己孩子的，和眼前这个奄奄一息的老人，仿佛已不是同一人。一灯大师劝她放下执念，脱离苦海。

年少的我，坐在电视机前，看着裘千仞苦苦哀求的样子，心里也动了善念，暗怪瑛姑真执着。直到如今，我明白了众生皆苦的道理，才懂了瑛姑的铁石心肠，她不是不想原谅，而是那句话一旦出口，她便无法面对那个几十年前丧失在襁褓里的孩子。生挨了那一掌的人，是她的孩子，她又有什么资格来原谅？

我都道歉了，你凭什么不原谅？

因为你既不懂怨恨，也不懂原谅。

对不起，我丑到你了

不久前，被一则整形 APP 的广告刷屏了，它的广告词包括以下内容：

你的小城故事不值一提，没征服过大城市，会以为眼前的一切，就是全世界。

人变得庸俗，是从发胖开始的。不想被自己打败，首先要拿下 0 号身材。

普通的男人，普通的收入，普通的生活，普通到让人不甘心就这样跟他过一生。

听说有爱的地方就是家，但幸福，从没敲过三环以外的门。

听起来振聋发聩是不是？乍听之下，令人虎躯一震，特别是那句"人变得庸俗，是从发胖开始的"，直击一个圆滚滚的我的心脏。可是，细细一想，这是什么鬼三观啊？

小镇姑娘就是目光短浅？身材发胖就是庸俗？嫁个普通男人就得不甘？买不起三环以内的房子，就活该没有幸福？

我承认广告词写得非常棒，文采漂亮到飞起，作为一个曾经混迹过广告圈的人，真想给他们鼓鼓掌再举高高。但这一碗毒鸡汤，抱歉，我一口都不想喝。

精英文化的最可恶之处，在于他否定一切普通人的努力。

北京房价暴涨的那段时间，我看过一篇文章，核心观点是你买不起北京的房子是因为你不够努力，不行就滚回你的小城去。全文充斥着一种精英俯瞰人间的优越感，令人震惊的是，文章下面居然有很多人拍掌叫好。我不禁感叹，中国的有钱人真多啊。

我不知道写文章的作者在北京买了房没有，但我很希望他能告诉我，一个普通人要怎么努力才能在北京买上房？即便是清华北大的博士毕业生，月收入也未必够买一平方米房子，其他人呢？要重新投胎去找一个挖金矿的爹吗？

我来告诉你，普通人的努力，是怎么样的。

我的父亲，一生勤勤恳恳，无论严寒酷暑、日晒雨淋，不敢多休息一天。有一年，我们城里的电视大厦竣工，他指着那栋崭新的高楼跟我讲："这栋楼的砖头，都是我运上去的。"够努力吗？我敢说百分之七八十的人，都不及他努力。但他买房了吗？没有，他毕生的心血，只足够供养我和妹妹大学毕业。

好，你说这是没有技术含量的廉价努力。我再讲我的丈夫，留欧归来的双学位硕士研究生，平时带项目搞研究，虽然不是什么杰出青年，好歹也用尽方法去改善生活了。我们能在大城市买房吗？想都不敢想，我们的积蓄加起来，也不过北京的一个厨房。

好，学历不代表一切。再讲一个，我的朋友，她大概是我身边的平凡人通过努力改变命运最接近奇迹的例子了。工作以后,她几乎没有休过假,唯一一次出去旅游,电话还被打到发烫。是的,她很牛×,二十几岁的年纪,已经存款百万。就在去年,她去广州的中介市场看了一趟房,回来脸色铁青地跟我讲:"我的妈啊,就十几平方米的单间,卫生间都没有,居然都要上百万!"

你看,平凡人用尽全力,也不过收获一个"过得去"的人生。我们在三四线小城按揭买房,再淘一辆二手车,一年能旅游两回,下一回狠心也能买一次 Chanel(香奈儿)包包,我们慢慢地升职加薪,一千元两千元三千元,却还忍不住沾沾自喜,以为这就是幸福。现在却有人告诉你,你的小城故事根本不值一提,幸福从来不会敲三环以外的门……

朋友,站那么高,真的不冷吗?

人自然是要努力的。混吃等死的人生,无异于腐肉。可是,什么是努力?开奔驰开宝马才叫努力?年入百万才叫努力?一个普通人从月薪三千到月薪八千,一样要日晒雨淋加班加点,就不叫努力不值得喝彩吗?

我们在仰望一切闪闪发光的命运的同时,是不是也应该低下头来,给平凡不起眼但是从未放弃过努力的自己一点点鼓励和掌声?是的,我就是那个普普通通的小镇姑娘,在一座四线小城,过着三餐一宿的生活,除了努力工作,就是去超市买菜给老公孩子做饭吃。我没有长一张明星脸,也穿不进 0 号尺码的衣服,就连穿一双八厘米的高跟鞋,都会战战兢兢走不稳路。但平凡如我,同样知道沧海之广阔与吾生之缥缈，同样有自己的诗和远方，同样有我爱的人和爱我的人，他们的爱也并不会因为我长了一张普通人的脸，就打上哪怕一点点的折扣。

"5·20"那天，我不知道多少人会坐在游艇上喝着"82年的拉菲"跟心上人浪漫晚餐，我只知道我的丈夫会买很多我爱吃的菜，准备一顿不丰盛但同样可口的晚餐，跟我说一句"老婆你辛苦了"。我这么没出息，到时候是一定会感动得稀里哗啦。对啊，这就是我嫁的普通男人，普通到一样会穿着拖鞋邋里邋遢，一样会日渐发胖有啤酒肚，一样会从夜市上带回一身的烧烤味说爱我，有什么好不甘的吗？

很多人看《欢乐颂》吧。我们身边有多少从华尔街回来的安迪和富二代曲筱绡？绝大部分的人，是樊胜美、关雎尔和邱莹莹，充其量就混成个王柏川的模样，日日夜夜应酬客户，在生产线上忙到虚脱，也只能勉强在大上海立足，租一辆低配版的宝马。

我们普通人，为家庭生计奔波劳碌，为升职转正焦虑不安，为爱情忐忑难眠，为未来迷茫彷徨，却一样有自己的小确幸和大欢喜，我们付出八辈子努力也上不了福布斯排行榜，但那又有什么关系，平凡的人给我最多感动，平凡的人生，同样值得骄傲与歌颂。

如果这样的平凡，在你眼里就是一袋烂番茄，注定要被豪车碾过，那我只能说一声抱歉了。

对不起，我丑到你了！你这么美，赶紧把我拉黑吧！

不孝有三，无后为大，剩下两个是不相亲和不考公务员

"不孝有三，无后为大，剩下两个是不相亲和不考公务员。"

刷微博看到这句话，差点没把我乐死，果然"同一个世界，同一个爹妈"。

在我二十四岁以前，我爸妈梦想我能考公务员。原因大抵有以下几点：安稳、安稳、安稳。

事实上我也挺想考的，可是实力不够，省考国考扒拉了几回，连面试都没进过。没办法，自己生的蠢蛋，含着泪也要爱下去。于是，他们转换了人生目标，希望我能早点结婚生子安定下来。我的妈呀，那几年差点没催死我。

我爸天天在电话里问："你男朋友呢，你男朋友呢，你男朋友呢？"开玩笑，男朋友是说有就能有的吗？可我爸妈不信这个邪，他们觉得只要功夫深，泥土里也能长出个男朋友。

逼得我最后我没办法了，只得恐吓他们："你们再问，我就不回家了。"这事只得作罢。

后来，我就遇到了老梁，并带了回家。那天，我爸别提多高兴了，有一种"养了多年的猪，终于找到白菜拱"的既视感。于是，他

们开始张罗叫我生个大胖孩子。等我孩子出生的那天，我爸妈就仿佛登上了人生的巅峰，我妈抱着我新鲜滚烫的孩子，又亲又摸，据她本人说，那一刻，她觉得一切都圆满了。

我白了她一眼，问道："妈，你还记得你女儿还躺在手术台上吗？"

我妈说："不记得了。"

真的，还好她没生儿子，不然肯定是恶婆婆。

我时常跟我爸妈对着干，但我理解他们吗？理解。因为如今我也是一个母亲。

从我的孩子出生起，我就从未设想过，他的人生要有何等成就。我深刻地明白一个道理，世界上的任何荣耀，都必然伴随着伤痕和痛苦。

登高必跌重，高处不胜寒。

我不愿意让我的孩子，每天工作十六个小时去创业，不愿意让他经历被欺、被骗、被辱，不愿意看到他点头哈腰，去敲开一扇又一扇冰冷的门……

我一个正在创业的朋友告诉我，这两年她从未有过一天，在深夜两点前下班回家。上个月她妈过来住了一段时间，临走的时候，老人抱住她哭了好久，几乎是哀求地对她讲："别开公司了行吗？实在不行回家来，妈妈养你。"你看，这就是天底下最寻常的父母心。

有人登九天，有人下五湖，有人平地起波澜，有人生死被敬仰，而我们的父母，只希望我们能拥有平凡的一生，吃饱饭，睡好觉，平安到老，就好。

错了吗？没错。

可我同样是子女。身为子女的我，是怎么想的呢？

我还年轻，我渴望上路，我还有一身的光和热，脑子里全是新奇的玩意儿，它们让我吃不好饭，睡不好觉，就想去这个世界闯一闯。可以理解吗？同样可以理解。

有人辞职环游世界，美国纽约、法国巴黎、英国伦敦，飞到地球的另一端去看云怎么飘，花怎么开。

有人不眠不休加班加点，一年跳三级，奖金拿到手发软，年纪轻轻做主管、做经理、自己开公司做董事长。

有人潜心钻研如何改变世界，搞发明，搞创造，为弱势群体发声，为人类做公益，一个人就是一个标签，一种力量。

我们就处在这样一个时代，每一分钟都有一万种可能，每一秒钟都有梦想在实现，你叫我又何甘在一个地方，一辈子，过安稳的一生？更何况，我还想给父母舒适的晚年，给孩子良好的教育，这些都不允许我停下来，追求一个安稳的人生。

安稳没有错，平凡最可贵。可是啊，人生的矛盾之处就在于，明知平凡难能可贵，偏向风里雨里冒险闯关。

爸妈说的可能都是对的。

生活从来艰辛，成功来之不易，每一步前进的路上，都有无数失败者的汗与泪。我们的梦想可能会幻灭，我们的希望可能会落空，我们千里归来，可能还是一身空空的行囊。

我前面提到的那位创业的朋友，两年了，她的公司没有任何发展，资金严重亏损，员工走得七七八八，如今完全靠她一个人勉力支撑，而回老家工作结婚生孩子的同学，买了车，买了房，一家人其乐融融。偶尔她也会问："北北，我是不是做错了？"

我只能问她："如果重来一次，你还会这样选择，不是吗？"

她笑了，坚定地点头。

这就是青春啊。张爱玲在《非走不可的弯路》中写道："在人生的路上，有一条路，每个人都非走不可。那就是年轻时的弯路。不碰壁，不摔跟头，不碰个头破血流，怎能炼出钢筋铁骨，怎能长大呢？"

不经历风雨，怎么见彩虹，没有人能随随便便长大。是的，我们都是不听劝的小孩。但有些时候，真想对爸妈说一句："爸，妈，我已经长大了，我也有自己想走的路。"

真的，再劝人分手我是小狗

真的，再劝人分手我是小狗。

上周五，我在外面吃饭，闺密突然给我发来一张图片，那是她男友跟一个女生的聊天记录，言辞露骨、放浪形骸，每一个字都不可描述，尺度之大令人咋舌。

我饭都不吃了，直奔她家楼下。她抱着我就哭，说趁男友不注意解锁了他的手机，看到了这段记录。我当机立断，赶紧劝分啊，总不能留着过清明吧！闺密深以为然，又赌咒又发誓再也不原谅他了，一鼓作气就去找男友摊牌。

好了吧，没多久人回来了，还能怎么样，我技不如人啊，人家男友口舌如簧啊，跪在她面前求原谅啊，还当着她的面把那女孩删了，这么感天动地我朋友怎么扛得住，当即就心软了啊！

你以为这就完了吗？没！

和好以后闺密又心有戚戚然，"一朝被蛇咬，十年怕井绳"，你们懂吧？她没事就爱找男朋友吵架，可能是为了增强说服力吧，她就列举了我："北北说了，出轨只有零次和一万次，你会有下一次吗？"

你们吵就吵，说我干吗！圈子那么小，我难道不怕打击报复吗？

果然没多久，人家男友在朋友圈口头警告我了：有些女人就是见不得人家好，宁拆十座庙，不毁一桩婚，不知道吗？

我知道了！我错了！现在道歉还来得及吗！我祝你们白头偕老！可以了吗？

这也不是我第一次犯傻，上一次犯傻，是因为好友被男友打了。她半夜给我打电话，哭得撕心裂肺，说男友动手打她，把她的头按到墙上，还抽了她一个大耳光。她噼里啪啦跟我讲了两个小时，痛诉男友就是个王八蛋，从来就不在乎她的感受，整天不是打游戏就是撩妹，还跟前女友拉拉扯扯，渣到无以复加。

我好生气啊！你一个妙龄少女又不愁找不到男人，干吗要在垃圾桶里找对象？果断分啊！我还特别仗义，给她制订了一整套分手计划，甚至连夜收拾了一下被铺，以便她空虚寂寞的夜晚，能过来蹭一晚"三温暖"。

那晚我说了那男人多少坏话来着？浑蛋！渣男！贱人！变态！总之我这么口无遮拦是注定要得报应的。第二天一大早，人家在朋友圈宣布和好了！对！和好了！没我什么事了！

她发了一张手牵手去吃早餐的照片，一脸"岁月静好，现世安稳"的模样，看那样子我觉得他们白头偕老完全不是问题，至于我，我就是个第三者啊，我恨不得抽死我自己。

当然也不光我恨自己，我的朋友估计也恨我，这还用想吗，谁骂我男朋友是变态我也得恨谁。反正直到现在，她再也没找过我。

"你看那个人，好像一条狗哦。"

当然，以上是两个比较极端的案例。更多的是什么呀？我不知道你们有没有遇到过，总之我是烦透了，一三五分手、二四六和好，天天瞎折腾，一上微信就跟你哭诉，哎呀男友不爱我。

我太傻了真的，起初我真以为他们的感情出现了巨大的裂缝，还瞎咧咧跟人分析，我给大家看看我分析过的案例吧！

友："我想分手了。"

我："怎么啦！别冲动了啊！"

友："我们早就约好今天去看电影了，可是他哥们临时一个电话，他就放我鸽子，这算什么回事啊？"

我："那他是有些过分，不过，也没到分手的地步吧？"

友："也不光是这件事，我是觉得他大男子主义太严重了，比如上周五，我们一起去朋友聚会，他从头到尾就在使唤我端茶倒水的，还故意在他朋友面前给我下马威。"

我："还有这种事啊？那是比较严重。"

友："对啊，我总觉得吧，他不是很爱我，至少没有爱他前女友那么深……"

我："哦？此话怎讲……"

友："哎呀他回来了，我们去看电影了，下次聊哈，北北谢谢你！"

Excuse me？逗我？

不以分手为目的的吵架都是晒恩爱，我求你们了，别晒我了，我已经很黑了。

做公众号以后，我遇到了更多形形色色的情感咨询，内容狗血堪比八点档婆媳剧。比如有一段时间，我不是写了一篇关于第三者的文章吗？文章大意是别相信男人的鬼话啊，当着你的面说爱你，背后又对老婆赌咒发誓绝无二心啊，信他的话你就傻 × 大了之类的。

　　一个小姐姐看了文章深有同感，说她就是插足了别人的婚姻，那男人骗了她四五年了，总说明年离婚，离了几年还是一点下文都没有。我动之以情晓之以理，从感性理性的层面各种分析，小姐姐对我的赞同溢于言表，当即表示回头是岸，马上跟那人一刀两断！

　　北北我深表欣慰。直到一晚，我又收到她的私信：我还是决定再给他一次机会，如果今年他再不离婚，我真的就不回头了。

　　呵呵，我能怎么办呀，我也很绝望啊！

　　真的，我已经跪下了，求你们别再问我要不要分手了，我不想做小狗！一点都不想！

你这么牛×，不如我的人生给你过

肺都气炸了。

念高中的表妹向我哭诉，马上就要分文理科了，邻居大婶不断向爸妈吹耳边风，说念文科没用，找不到好工作，要选就选理科，工资高待遇好。

我的天，我这个表妹，文科成绩每一门都名列前茅，特别是历史和政治，从来没下过年级前三，简直是当之无愧的学霸。至于物理生物化学，普通到不能再普通，别说好找工作了，挂不挂科都是未知数。

邻居大婶还列举了谁谁的孩子选了理科，现在月薪几万，谁谁的孩子选了文科，连工作都找不到。有板有眼地就把她爸妈给说动了，现在死活叫她选理科。

拜托，谁还没个月薪几万的朋友怎么的？我是学文科的，我的同学都是文科生，发家致富的老多了，跟学什么专业有一毛钱关系啊？关键你得有本事啊！国际金融听起来够牛×了吧，你连一张财务报表都看不懂，人家请你去数钱吗？世界上从来没有好找工作的专业，只有好找工作的人！

最让人哭笑不得的是，这个大婶根本就没念过几年书，压根儿不知道文理科有什么区别!她所有的认知都不过是道听途说,却妄图指点表妹的人生!这不是误人子弟是什么?

俗话说得好,我们花两年学会讲话,却要花六十年学会闭嘴,而有些人,一辈子都学不会闭嘴。

我找工作那会儿,选择了自己热爱的媒体行业,差点没被唾沫星子淹死,身边的七大妈八大姨都在说公务员好,公务员稳定,女孩子天天风餐露宿跑新闻老得快,不如安心捧个铁饭碗,一眨眼也是一辈子。

恕我直言,如果一个国家的年轻人,都抱着这种想法,这个国家基本也就那样了,还谈什么创新和发展啊!年轻人,就该去奋斗啊,为热爱的事业而奋斗,为改变自己而奋斗,为改变世界而奋斗。因为除了奋斗,我们别无他法。

铁饭碗?你们见过吗?我总之是没见过,二十世纪九十年代国企下岗的那批员工,也以为自己捧着一个铁饭碗,后来呢?

这些教训我们如何找工作的人,往往就是工作最不给力的一群人,他们既没有干出什么成绩,也没有发家致富,对如今如日中天的互联网和人工智能一无所知,思想还停留在几十年前。可那又怎么样,并不妨碍他们指点江山定乾坤啊!

最可怕的是,不管你二十岁还是三十岁,身边永远围绕着这种人。

如果你到了二十几岁还没结婚,他们又会一股脑地冲出来,

"×××都这么大岁数了,怎么还不结婚啊,别挑三拣四了,选一个差不多的就得了。"

朋友,你说结婚那么好,自己的婚姻一定很完美吧?

当然,不是!一转过头,她们又会跟你抱怨自己的家庭多么一团糟,丈夫在家连酱油瓶都不扶,把自己当保姆一样差遣,婆婆就是个事儿精,天天找自己麻烦,孩子又不听话,一个星期叫三次家长。然而,这有什么所谓?她们还是会津津有味地教导你:"×××,还是要结婚啊,不结婚人生不完整。"

所以,完不完整是由这些人来定义的吗?不生孩子不结婚就不完整了?我还觉得没赚够两个亿就不完整呢,我是不是也要追着问:"阿姨,月薪多少啊?什么?没有十万,那可不行!"

更精彩的是,催人结婚的,跟劝人不要离婚的,是同一群人。人家老公出轨了、家暴了、嫖娼了,他们又要跳出来了:"哎呀,男人嘛,出轨很正常啊,忍一忍就过去了嘛。"

行行行,你是电,你是光,你是唯一的神话。

好不容易吧,你有了一个对象,处了两年感觉还不错,准备谈婚论嫁了,他们又跳出来了。

"做什么工作的呀?""做生意的?""那可不行,最好找有稳定工作拿退休金的。""还要上夜班?女孩子结了婚重心就要放在家庭上,上夜班还怎么带孩子?"

结了婚生了孩子,这些人总该闭嘴了吧?才怪呢!

"生一个两个啊,生的是男的女的啊,生女孩可不行,得再生……"

无穷无尽，无穷无尽，无穷无尽！

他们中的大多数，既没有广博的学识，又没有丰富的阅历，一生拿着月薪三四千元的工资，待在一个工作岗位上，迟到早退旷工，天天琢磨着怎么提早退休，除了上班回家两点一线，就是喝酒打牌嚼舌根，去过最远的地方是隔壁的小县城，读过最高深的文章就是"不转不是中国人"。

平时都是普普通通的大叔大妈，一旦说起别人的事来，就立即头顶光环，脚踩风火轮，化身意见领袖，给你提供一百个致富经验，一百个家庭和谐秘籍，一百个生儿子的秘方……

真的，月薪三千两点一线没什么不好，我爸妈也过这样的生活，但能不能不要急不可耐地把所有人都往这条路上带？你只过了一种人生，凭什么就判定那是对的？即便你的人生就是对的，这世上就不存在第二个正确答案吗？更何况，你想要的生活，根本就不是我想要的啊！

早就知道你吃的盐比我吃的饭还多了。可我压根儿没打算吃那么多盐，怕齁死。

你逗我啊：十八岁不准恋爱，二十八岁单身有病

那天正刷微博，热搜话题吓我一跳：二十八岁温州美女白领从小被禁止早恋，初中有男生送情书，妈妈冲到人家家里抗议。大学，接触了国外的晚婚主义，可母亲却认为女生过了二十五岁就是走下坡路。因相亲十几次，恋爱史为零，妈妈说她心理有毛病，被当"神经病"。

呵呵，当初是你说分开，分开就分开，现在又要用真爱，把我哄回来。

难怪韩寒要说：中国的情况是，很多家长不允许学生谈恋爱，甚至在读大学了还有很多家长反对恋爱，但等到大学一毕业，所有家长都希望马上从天上掉下来一个各方面都很优秀而且最好马上有一套房子的人和自己儿女恋爱，而且要结婚。你想得很美啊。

何止想得美，简直美翻了，美爆了。

比如我的朋友，二十二岁念大四，找了个男朋友，五好青年，无不良嗜好，面目也算周正，一跟父母提起，老两口气得够呛，又是捶胸又是顿足："你今年大四啊，很关键的一年，找不找得到好工作就看今年了，怎么在节骨眼上谈恋爱？"硬生生地给人掰了，结果好了吧，二十三岁毕业，二十四岁找工作，二十五岁一切踏上正轨，父母没事可操心了，就开始踏上催婚之路。

"这个岁数了还不找男朋友,你不急我都急死了。""现在你挑人,过几年可是人挑你了。""你看人家那谁谁,孩子都会打酱油了!"

真的,建议中老年人培养一些积极向上的兴趣爱好,比如跳广场舞、打麻将之类的。

父母催催也就算了,最招人烦的是身边的三姑六婆,嫁不嫁人,生不生孩子,跟她们明明没有一毛钱关系,也爱有事没事插上一嘴。

"×××啊,怎么这么大还没对象啊,阿姨给你介绍一个?"你以为她说笑的啊?才不是呢!她早就准备好了一大堆照片,一张张往你父母跟前堆:"这谁谁,拆二代,有钱着呢,长得丑点?男人嘛,不好看有什么所谓,有钱就成!"

恕我直言,有些人一辈子都学不会怎样去尊重他人的选择。

也不知道是人生太成功还是太失败,又或者是纯粹闲得慌,人家找对象他要操心,人家结婚他要操心,人家生男生女他要操心,人家生一个生两个他还要操心。这样的"意见领袖",从小到大坑了我们无数次:

念书的时候,怂恿爸妈给我们报几门补习班的,是他们。

选专业的时候,非叫人选理工科说是好找工作的,是他们。

找工作的时候,看不起私人企业非劝着进体制的,还是他们。

……

到了一定年纪你就会明白,真理既不掌握在少数人手里,也不掌握在多数人手里。真理掌握在他们手里,因为你不听他们讲,他们就怂恿你爸妈,揍你。

再说回二十八岁还没结婚的问题。二十八岁怎么啦？二十八岁也就 1990 年生人，早几年，还被人指着脊梁骂是"毁掉的一代"，你们忘了？我可没忘。不过讲真的，也就结婚的时候，当我们是成年人。

我们创业的时候，是："一群小孩子家家瞎胡闹，懂什么呀？"

我们讲理想的时候，是："一群小年轻不知天高地厚，空想。"

我们出门蹦个迪，都有人叼着烟站在背后指指点点："现在的小孩真是不像样，世风日下，人心不古。"

可是一提到结婚吧，"我的天啊，你都多大了啊！还不结婚啊！该不是有什么毛病吧！"

阿姨，我有病，你有药吗？

真希望有一个时代，每一个人都能尊重他人的选择。结婚或不结婚，是我的自由，请你尊重。生孩子或不生孩子，是我的自由，请你尊重。生一个或生两个，还是我的自由，请你尊重。

徐静蕾说得好，"你想结婚，你觉得幸福你就结，我祝福你送你礼物，当然，我祝福你，是因为觉得你幸福，而不是因为你结婚。"

可是这话反过来讲，我不结婚吧，你非但不祝福我，还揣测我是不是有毛病？ Excuse me？朋友，不要以怨报德好吗？

我身边有四十岁还没有结婚的女人，并没有大家想象的凄惨，没有内分泌失调也没有更年期提前，一个人住大房子，想去哪玩就去哪玩。挺好的。

说白了，任何一种人生选择，必然有得有失。婚姻生活安稳，单身自由快乐，你想要安稳成双，未必要瞧不起别人单身自在。与其催人结婚，不如劝人致富，谁不愿意做一个富有的老姑娘呢？

再说了，婚是想结就能结的吗？因为草率步入婚姻而终生不幸的例子还少吗？那句话说得好，没有该结婚的年纪，只有该结婚的感情。等不到合适的人，八十岁也太早，等到了合适的人，明天都嫌太晚。

"因为我会成为一位富有的老姑娘，只有穷困潦倒的老姑娘，才会成为大家的笑柄。"

别瞎催催了。真有本事就拿胡歌和彭于晏电话来啊！

"我怀孕了,他却还不离婚"

之前收到一则读者咨询(经同意发布):"我是一个第三者,在一起两年,他不断承诺我会离婚,却总是一拖再拖。上个月,我验出怀孕了,本以为这下他一定会离婚了。谁知他却给了我一大笔钱,叫我把孩子打掉……"

又是一个试图用孩子"逼宫"的故事。我都怀孕了,他总该跟妻子离婚了吧?

那些年纪轻轻做了小三的女孩子永远想不明白:你怀孕了,对那个搞婚外情的男人而言,不是惊喜,而是惊吓,原子弹爆炸那种惊吓!

来,我们来好好地分析一下,搞婚外情的男人们离婚的概率到底有多大。

假设你是一个男人,没什么责任感,随时会搞婚外情的那种。你是愿意今年找一个年轻漂亮的,明年再换一个年轻漂亮的,一生都跟年轻漂亮的人在一起,还是今年找一个年轻漂亮的,明年把她娶回家,慢慢等她变得跟妻子一样不年轻不漂亮?答案不是显而易见吗?只要坚持不离婚,他每两年都可以换一个,莺莺燕燕永远年轻漂亮,这笔账还用算吗?

好了，再说离婚。朋友，你离过婚吗？三星长公主李富真离婚花了八十六亿韩元，丈夫依然要上诉。美国巨星施瓦辛格因偷腥离婚，支付前妻两点五亿美元，麦当娜为离婚支付了前夫五千万英镑，超级大帅哥汤姆·克鲁斯，三次离婚共计花费三亿美元以上。

他是不是真爱你我不知道，但我知道他一定真爱钱。车子，房子，股份，存款，每一笔都是钱，离一次婚何止伤筋动骨，简直就要半条命。

《我的前半生》看过吧，年薪一百五十万元的陈俊生，离婚后苦得像条狗。你的婚外情对象能赚多少？没钱的，被分了大半财产，连过日子都难。有钱的呢，动辄不见了几百上千万，你以为有钱人真的不心疼钱？

只要坚持不离婚，他只需要每个月给你买个包就好了呀，跟给小朋友买颗糖一样，好哄极了，也只有你这种傻姑娘，才觉得人家为你花一万两万就已经好得不得了。更何况，除了实打实的钱，离婚还会产生后续的震荡影响，尤其是对有头有脸的人来讲，名誉损伤带来的损失就已经不可估量。

最后，来说说孩子，他可能不在意妻子，但他一定在意孩子。既然他有本事稳住你，不离婚也一样上床，为什么又要拆散自己的家庭，让自己在孩子面前抬不起头呢？万一争取不到孩子抚养权，以后连探视一面都难，你确定你在他心里，比自己亲骨肉的分量还重？不，你确定不了。不然，你们也不会在离婚这个问题上，拖了这么多年。

问题在于，姑娘们总在不停犯一个错误，自己脑子不好使，便幻想全世界脑子都不好使。

"我们是真爱啊,真爱至上啊,损失一点财产一点名誉算什么呀,孩子给前妻呗,我们再生一个嘛。"且不说真爱并没有让人甘愿倾家荡产的威力,你们是不是真爱,还很值得怀疑呢。

我不知道女孩子们是否时常参加饭局。我不知是有幸还是不幸,参加过一些肥腻的猥琐中年男人饭局。你猜他们是怎样背后谈论起他们的情人的?比谁的年轻,比谁的漂亮,比谁的更省钱,比谁的更好哄,以及,比谁的床上功夫更好。那些用来形容情人们的词,我保管他们一辈子也不会用在妻子身上,轻佻猥亵,不堪入耳。

有人说:"你说的那些,不过是金钱交易的'金丝雀'们吧?"令你失望了,还真不是。我曾亲眼见过有人上半场跟情人赌咒发誓,一生一世只爱她一个,一脸痴情的苦相。下半场呢,年轻的女孩子先走了,那个男人得意地跟在座各位说:"怎么样,1992年的,玩起来可爽了。"

还有一些男人,年轻得很,二十七八的年纪,还远远不到包养得起"金丝雀"的年纪,金钱攻势发动不起来,就只能不遗余力地表忠心,朋友聚会都带着那个地下情人。当然也不会有人戳破,大家客气得很,一人一句"嫂子",说不定还要讲几句客套话:"我大哥对你绝对真心!"

你看,多感人啊,敢带去见朋友了,俨然冲破道德礼数的真爱既视感。于是那个坐在一旁的姑娘,便当真轻飘飘了起来,一副"嫂子"的做派,又是招呼大家,又是端茶倒水。她的内心该是多么自豪和骄傲啊,她的情人是多么爱她啊,他们的爱又是多么惊世骇俗啊,

/ /

你喜欢,
不如我喜欢

▶▷

世上的一切，皆如是。

一个人是异数，人多了，便是寻常。

更何况，她还年轻，还有美貌，转正不是迟早的事吗？

她永远不会料到，宴会散了，男人回家了，见到了家中的妻子，是怎样的赌咒发誓："老婆，我发誓真是在加班，我对你如有二心，天打雷劈。"

你看，天打雷劈的狗东西，说离婚来娶你，你居然信了。

第三者真没有转正的可能吗？有的。我身边还真有第三者成功登堂入室的，不过过程极其坎坷，男人离了两次婚，两次再婚对象居然都不是她，终于等到了第八年，男人第三次离婚，两人才把结婚证领了。

讲真，算奇迹了。八年，再年轻再漂亮的姑娘，也熬老了吧，那只人形泰迪居然还能念及旧情，可以说是泰迪中的精品了。但是，你要想清楚，你有几个八年？

你要忍，你要等，你要知书达理识大体，知冷知热甘做小，既不能逼急了，又不能傻等着。你要动心忍性，劳其筋骨，努力地成为他工作上的得力助手，生活上的贴心伙伴，灵魂上的唯一伴侣。这样，或许他能大发慈悲，考虑付出极高的代价，给你一个所谓的名分。

多可笑啊，你如同白素贞般千年修行，居然只是为了从地下走到地上，堂堂正正谈一场恋爱！而你梦寐以求的东西，对于世上任何一个寻常女孩来讲，再简单不过了——找一个单身的男人谈恋爱，不就行了吗？

二十几岁的年纪,穿淘宝货怎么了?

跟楼下的小妹妹闲聊了几句,三观都快颠倒了!小妹妹说,现在上学好没劲,大家都穿名牌,只有自己一身淘宝货,没面子爆了。她还扯了扯自己的衣袖给我看:"这件,两百块买的,一个牌子都没有。"

好累,好想抱住我自己。我这么一个老土的小姐姐,上衣淘宝买的,九十九块;牛仔裤淘宝买的,一百九十九块;浑身上下最贵就脚下的鞋子,三百九十九块。但这已经是我奋斗很多年的成果了啊。天知道,念书那会儿,我连淘宝都不敢打开,我都是穿地摊货好嘛!T恤,九块;牛仔裤,三十九块。不仅价格便宜,款式还很土,几乎所有被鄙视过的城乡接合部风格,都在我身上出现过。邪了门了,我当时还觉得挺美的啊。哈哈哈。

可是,又有什么所谓呢?

王小波说:"那一年我二十一岁,在我一生的黄金时代,我有好多奢望。我想爱,想吃,还想在一瞬间变成天上半明半暗的云。"

在我一生的黄金时代,穿个淘宝货怎么了?

首先,我不装。名牌就是好,贵得有道理,耐穿、耐洗、不变形,如果有可能,我希望我连袜子都是LV(路易·威登)的,随手拎个包就是限量版,多拉风。但是,做人要讲道理啊,谁还不是工薪阶级的子女怎么的?拿爸妈一个月的收入去买个包,也是你们爸妈好脾气,换我爸,非削死我不可。

买买买谁不会啊,我恨不得自己有一柜子红底鞋,可是钱呢?钱呢?时尚博主只叫你买买买,根本不会告诉你,当能力与欲望不匹配时,欲望只能先去死一死。拿三千块工资买三万块钱包,可能有人觉得励志吧,但我就是觉得惨,太惨,惨死了。得吃多少泡面啊,不怕你的 Prada(普拉达)上全是老坛酸菜味吗?

所以,你告诉我,一个十几二十岁的姑娘,穿淘宝货怎么了?显得穷酸?十几二十岁本来就是穷的啊!念书时没有收入,刚毕业工资不高,穿淘宝货不是跟宇宙定律一样理直气壮吗?

姑娘,当你没钱的时候,最大的体面不是勒紧裤带买奢侈品,而是咬紧牙关——奋斗。奋斗,余生才有数不尽的 Armani(阿玛尼)和 Fendi(芬迪),老美了。

我现在买得起 Chanel、Marc Jacobs(马克·雅可布)和 Ferragamo(菲拉格慕)了。我身边的朋友,也大多到了买得起奢侈品的年龄。我们咬牙前行了好多年,终于获得了一个改头换面的权利。好棒!但我依然不觉得穿淘宝货有什么问题啊,便宜,好看,一季一换。最重要的是,它们给了我一个松弛的生活状态,刮花了不心疼,穿坏了就扔掉,没事跑去撸个串,也不用担心一股子烧烤味。

强行装 × 什么的,没意思。毕竟谁也没能有钱到用 LV 来装狗,穿着 Versace(范思哲)去搞卫生,肉会疼。相比于买得起几件叫得出名字的奢侈品，更令我愉悦的是，我已经不再需要任何奢侈品来加冕了。我有挚爱的家人，有热爱的工作，有一腔子计划好的未来等着去实现，这些远比穿什么品牌的衣服和鞋子来得重要。

如果有很多钱，我更想买一处大房子，把我爱的人都接到一起住，没事去爸妈那里蹭蹭饭，再也不用自己做黑暗料理了，哈哈哈哈哈睡觉都要笑醒。

是啊，贫穷不值得夸耀，但因为改变贫穷而付出的艰辛，每一桩都值得夸耀。比这更值得夸耀的，是我们终有一天，能好好地正视无须任何修饰的自己。没什么大不了的，我才是最贵的，比什么包都值钱。

十几二十岁啊，光是想想都觉得美妙，踮脚就能碰到天似的。年轻、无畏、一腔子热情与活力，背得出《琵琶行》和《岳阳楼记》，解得了二次函数和三次函数，知道酸和碱的中和反应，熟悉牛顿的每一个定律。美妙到你的整个余生，都会饶有兴致地回味：我十几二十岁的时候啊……

这么好的年纪，穿穿淘宝货，怎么了？

我爸妈只生了女儿，棒呆了

爸妈只生了女儿是一种什么体验？

我都这么大了，还时常被问："你爸妈当初怎么不争取生个男孩啊？"

同学是家里的独生女，也是典型的"别人家的小孩"。念书时"三好学生"贴满整面墙，荣誉证书和奖学金拿到手软，工作以后三年升两级，年纪轻轻就做了部门主管，攒下了二十几万元按揭为父母在四线城市买了一套小居室养老。

励志吗？然而，并没有什么卵用。

二胎政策一放开，就有人向她的父母嚼舌根："这政策要是早几年到就好了，你们还能争取生个男孩，以后也有人养老。"当时正在为父母盛汤的同学，气得全身发抖，一口反驳道："×叔叔，我难道就不能给父母养老吗？"

人家一脸"你小孩子家家懂什么"的表情，气定神闲地摆手："嫁出去的女儿泼出去的水，等你结婚了，就是别人家的人了，养儿才能防老。"

你看，这个社会就是这么有趣，他们先制定一套规矩，硬生生地把女人跟自己的血脉之亲分离开来。比如女儿嫁了人，生养自己十几年的家，就变成了"娘家"，清明祭祖不能回娘家，大年三十不能回娘家，有好吃的好喝的都不能补贴娘家。随后，轻描淡写地用一句"嫁出去的女儿泼出去的水"，把罪名都扣在那个有家不能回的女儿身上。

有意思吧？有意思的事多了去了呢！

我认识一男的，成天念叨着生女儿没用，男孩子才能传宗接代。哎哟好吓人，你知道他有多牛×吗？在外面赌博，父母留下的老房子都被卖了，还欠着几十万元的债务没还清。那可不是得生个儿子吗？不然这祖传的债务继承给谁啊！

醒醒吧，你不是马云，也不住紫禁城，唯一能传给孩子的，就是那个姓氏。生了男孩，姓氏才能流传下去，听起来好伟大，一群人为了保护姓氏的多样性，前赴后继地生，义无反顾地生，生到流离失所，生到家徒四壁，生到连命都不要。

据说儒学大师马一浮早年丧妻，膝下并无一子，有人劝他续弦，但他发誓终生不再娶。无奈之下，众人只好劝他领养一个孩子，以免无人养老送终。马先生却说："他日青山埋骨后，白云无尽是子孙。"多大气魄！一个真正值得被铭记的人，白云所到之处，尽是子孙。许多人一辈子都想不明白，我们活在世上，真正需要被继承的，是风骨、是意志、是无边浩渺的精神财富。

摇滚乐手猫王，1977年去世，但过去的四十年里，每逢他的忌日，都有成千上万的人排着队去拜祭。乔布斯的名字，不需要写在家谱上，自有千万后来人来祭奠、来瞻仰。直到今天人们去古巴，还得去海明威故居，看一看他写下《老人与海》的那间书房。

而你，什么都没有，只有一个姓，要留给你的孩子。

还有更多的人，他们也不知道为什么要生儿子，只知道必须生个儿子。

前段时间，网络报道了一对夫妻，十五年生了八个女儿，生到肚皮越来越薄，被衣服擦过都觉得疼。一家大小挤在十平方米的出租屋里，八个孩子五个没有上户口，在学校被同学排挤，因为头上长虱子。即便这样，还要拼尽最后气力来生一个男孩，显然，生一个儿子，并不能改变他们的生活状况。那为什么还要生呢？因为"不管哪里，有个男孩都是光荣的"。

没有人会管这个承载着家庭"光荣"的小生命，将经历怎么样的人生，他成长在怎样的环境，会接受怎样的教育，要怎么跟同龄人争夺资源，通通不重要。重要的是，他成了一张扭转父母命运的王牌，洗刷了一个家庭生不出儿子的屈辱。他的降生，让原先因为生了女儿而被瞧不起的家庭，可以挺直腰板去瞧不起别的生了女儿的家庭。

看吧，这个逻辑多有趣，一环扣一环，无懈可击！

我曾问过身边生了孩子的朋友："你真的觉得养儿能防老吗？"她惊讶得跳起来："瞎说什么呢？他不要我给他买车买房带孙子，就已经是万幸了，我还指望他给我养老？"即便是樊胜美的父母，心里也清楚得很，家庭的经济支柱，是处于家庭食物链最底端的倒霉女儿。可那又怎么样，男孩就是爷嘛！

一个护士朋友跟我讲，她这几年看过的重病患者，很多都是女儿照料，儿子甩手不管，即便是这样，老人去世后，还是会把大部分财产留给儿子，为什么呀？没有为什么。

你再深究下去，他们会跟你讲传统，祖祖辈辈都是这样的啊！行行行，你赢了，明天就出门去，买两丈白布，裹个小脚吧，祖祖辈辈也是这么干的。

事实上，这个问题我也问过我的父母："你们当初怎么不生个男孩啊？"爸妈每回都削我，并且一本正经地回答："生女儿，不也挺好的吗？"何止挺好，简直棒呆了好吗！

作为一个女儿，我没给父母丢过脸，没跟他们拌过嘴，没伸手问他们要车要房，闲时陪伴左右，忙时电话请安，嘴甜、手快、腿又勤，简直是冬天的小棉袄、夏天的大蒲扇。

对啊，我家没有皇位要继承，我爸妈只生了女儿，你有意见？

前任渣还不让人讲了

你们真的能忍住不讲前任坏话吗?

我反正是忍不了。

不知道为什么,这个世界总是爱叫老实人吃哑巴亏。不管你的前任劈腿还是撩妹,撒谎还是打女人,只要你们分手了,就一个字都不能往外说了,否则就是没品。这是什么逻辑啊?

我的一个朋友,她的前任渣爆了,一周至少得有五天是泡在夜场的,喝醉了就跟别的妹子动手动脚,不是搂肩膀就是蹭屁股。还不让人说,你一说,他就梗着脖子要生气,说你限制他人身自由,哪个男人不出去混啊?浪就算了,还抠!在一起两年,饭都没请她吃过一顿,唯一一次下馆子,还在买单前遁了,丢下她一个人傻乎乎地结了账。临分手了还向她借了两万元钱,直到现在还没还上。

就这么个破人,分手以后,朋友是在小姐妹聚会的时候,讲了几句他的不是,就有人一脸不屑地撇嘴:"前任不是你自己选的吗,否认他不就是否认过去的自己吗?"

讲道理,自己选的就不能说了?谁还没个瞎眼的时候啊?对啊,我不仅否认过去的自己,我还想抽过去的自己呢!叫你瞎!再说,就像我朋友这种情况，人家问她前男友怎么样，她还能怎么回应啊？巧笑倩兮，美目盼兮？呵呵。

还有一种前任吧，特别会装。怎么说呢，当着大家的面呢，装得像二十四孝男友似的。等到没人的时候吧，原形毕露，老渣老渣了！比如我们单位的阿佳，男友在人前不是送花送伞，就是摸头挽手，表现得又绅士又浪漫，赢得一片好评。后来两人分手了，阿佳老惨了，大家都在说："他对你那么好，你居然提分手？"总之，阿佳那段时间连做人都抬不起头，大家都觉得她要不就移情别恋，要不就不知好歹。

直到有一天，我去茶水间倒茶，看到阿佳躲在角落里哭，细问之下才知道，她前男友就是个控制狂啊，她跟异性有任何接触，他都要暴跳如雷，甚至拳脚相加！现在分手了，她还时不时接到前男友的恐吓电话，说要烧她房子，绑架她妹妹。

不寒而栗。真的，是人是鬼，表面完全看不出，知道《不要和陌生人说话》吧，大概就是那个意思。可即便是这样，阿佳还要帮他背锅，因为她是个淑女啊，从此山水有相逢，不谈前人是与非啊，不是说了吗，老实人注定吃哑巴亏。

说真的，坚持分手不讲前任坏话观点的女人是幸福的，因为你们根本没有遇到真正的渣男啊！我也有那种"一别两宽、各生欢喜"的前任，从分手那天起，我就没讲过他一句不是，旁人问起分手理由，也只是云淡风轻地说一句："我们不适合。"是啊，就是不适合啊，性格不合，虽然老是吵架，但彼此都没有原则性错误，就是单纯的观点不合。分手了，我依然尊重他、感谢他，还能发自内心地祝福他。

可是，真正的渣男，是能激发你心底所有恶的！我反正是不能吃哑巴亏，没品就没品吧，没品我也忍不住要讲，我顶多就不夸张不渲染不用修辞手法，原原本本地讲，老老实实地讲，一字一句地讲。

说实话，我觉得这不能叫讲坏话，这叫复述！可是听起来就是心惊肉跳？哦，他要这么坏，我有什么办法？我也不想的啊！

最后，奉上几点讲前任坏话指南。

1. 不攻击对方生理构造，比如，尺寸、身高乃至长相，不在八卦之列。

2. 不暴露对方隐私，比如，艳照，又比如，只有你知道的奇怪癖好。

3. 不使用侮辱性词汇，比如，鞋子不合脚。

4. 不瞎编，不捏造，不无中生有，不恶意中伤。

5. 其他的，随便讲。

"狗咬了你,难道你还咬回去?""不,我打死它"

女生因为被劈腿而分手。分手以后,那个对感情不忠的男生,四处恶意中伤她,说她拜金,说她大小姐脾气,说她跟他在一起时就不是处女。女生始终一言不发,直到有一天,男生不知通过什么途径,进了女生班级的微信群,公然在群里嘲讽女生,说她以前跟谁谁谁睡过,不知廉耻。

女生气疯了,告诉了她校外的兄长,兄长怒气冲冲地带了人,在校门口围住男生揍了一顿,倒也不是重伤,但身上难免挂了彩。男生带着伤回来跟辅导员报告,要求学校一定从重处理女生。校方给了女生警告处分,并且扣除了当年的奖学金。

女生委屈得号啕大哭,宿舍里的人过来劝她:"你也是的,他说什么,你就当被狗咬了,非要咬回去干什么……"

班上一个不学无术的男同学,天天就知道惹是生非。一次,他抢了班上一个女生的作业,女生不给他,他随手就扇了女生两巴掌。女生一下子蒙了,不知道哪里来的勇气,顺手就搬起凳子砸了过去。男同学的头被砸出了血,女同学吓得在教室里大哭,双方都叫了家长。

不同的是,女生的父母,只是寻常的工薪阶级。而男生的父母,在当地有雄厚的背景。

老师嫌女生给他惹了大麻烦,当着全班同学的面,斥责那个女生:"有些同学,本来可以妥善解决的事,非要搞得那么大……"

那一年,我念六年级。那个女生就坐在我右手边,老师说这句话的时候,她小小的背影,孤独得像被全世界背叛了。

这个世界总叫老实人吃亏。他们告诉你,狗咬了你,难道你还要咬回去吗?你的正确做法,是忍,忍气吞声,打落牙齿和血吞。可是凭什么呢?

某期节目讨论职场背锅要不要澄清。傅首尔反驳了那段经典名句:"世人诽我、谤我、欺我、打我、骂我、骗我,如何处之?只管任他、凭他、远他、敬他、莫要理他,再过几年看他!"

世人爱用这段话慰藉自己,可那仅仅是慰藉而已,是一个老实人被逼到角落,无可奈何了,实在想不到别的办法了,还能怎么办啊,只能任他、凭他、远他、敬他、莫要理他。这句话,跟那句"不是不报,时候未到"又有什么区别?一个人被欺负了,他张不了口,只能希望世上有报应,只能希望人间有正义。

同样在那一期,一贯理智呆萌的颜如晶,几乎是咬牙切齿地流着泪,她把每一个字都砸得铿锵有力,每一个字里都是不能说、不能道的委屈:"多少年我在各种是非里纠缠,一个字都没有说过,一个字都没有。我想澄清,我不敢……"

不敢说,所以就不说了。不说了,就当被狗咬了。这只是一个人别无他法的自我保护,世人又凭什么理直气壮地要求一个受了委屈的人，咽下这一切？

几个月前，一个女孩在丽江游玩时，被几个男人围殴至毁容，因为那几个男人用言语辱骂她，而她还了嘴。评论下面便有人说："活该啊，大半夜的出去吃夜宵，还敢还嘴，活该被打啊！"

你可以说她缺乏自我保护意识，可以说她对危险没有预判，但你凭什么说她活该？活该的定义，是不是一个女人在公众场合被人调戏、辱骂，依旧要一言不发，开开心心地撸串？

《我的前半生》一经播出，很多人开始把矛头指向了罗子君，倘若你不是家庭妇女，倘若你性格独立，丈夫怎么会抛弃你？是的，被狗咬了，你得先反省，狗为什么要咬你。而狗，是完全没有过错的，因为它是狗啊，你跟一条狗计较什么？

亦舒说："谁叫你知书识礼，许多事不可做，许多事不屑做，又有许多事做不出。"但凡一个人明事理，讲情分，就少不得要吃许多哑巴亏。

一个家庭里，兄妹中最懂事的那个，是注定要让着其他兄妹的，好吃的少吃两口，好玩的少玩两回，因为你最懂父母的难处。一个公司里，好说话的那个，是注定要多干工作的，别人不愿做，你好说话，就当能者多劳了。乃至整个社会上，会哭的、会撒泼的、会骂街的，总是能要到更多的好处。因为大家拿恶人没有办法，对好人倒是有很多办法，好人要脸，一人一口唾沫星子就能淹死他。

捐款的，不能捐少了，否则就是为富不仁。一贯有教养的，不能爆粗，否则就是形象扫地。向来大度惯了的，不能诉苦抱怨，否则就是作秀博关注。

微博热搜里曾有一条叫"何炅自责"，是在一次综艺节目中，选秀选手当场争执推搡，现场乱成一片，甚至还有队员做出了拉扯衣服的粗暴举动，主持人何炅多次喊"停"无果，在节目现场发飙，斥责嘉宾太令人失望了，并宣布当场没有人晋级。一个老好人被逼急了，发飙了，有错吗？没错。

可是何炅在后来的节目里谈起这件事，却红着眼眶自责道："真正错的人是我，那是我职业生涯的一个耻辱，我觉得我做得非常不好……"因为这个老好人有他的操守，有他的原则，他为自己的失态感到内疚，但并不意味着旁人能上去风凉地说上一句："你真是的，一个大咖，跟他们晚辈生什么气啊，太没风度了……"

我们推崇的善，绝不靠善者的一味隐忍。我们憎恨的恶，也绝不因恶而免于惩罚。

狗咬了你，难道你还咬回去？不，我打死它！

"好人真的有好报吗？""恐怕不是"

在天涯看到一个故事：老人一生坎坷，四十岁守寡，苦苦拉扯大七个儿子。养大了儿子，又养孙子，一辈子辛苦勤劳，上山砍柴，生火做饭，凡事亲力亲为。她好行善，吃斋念佛，时常接济生活困难的邻居，还主动帮别人的孩子做衣服，全村人都十分尊敬她。这样的好人，晚年过着什么日子呢？

儿子出门打工，把她交给儿媳们照看，儿媳嫌她老来无用，诅咒她早死。

村里给了补贴，几十元钱一个月，儿媳却通通拿走。老人没得吃，没得穿，就去找儿媳要，拿了两块煤球，被儿媳用棍子抽得浑身伤。村里人来接济，儿媳就堵在人家门口骂："你想她长命，就接到自己家去。"次数多了，再没人敢管，也管不来。再后来，老太太生病了，重感冒，一个人在小黑屋里熬着，没人来管，感冒变成发烧，发烧完了又中风，没多久脑子就迷糊了。

人蒙了，就不知人事。一辈子清白的老太太，竟脱光衣服坐在大门口，身上粘着粪便，身上还长着疮。

年初一那晚，老太太死了，活活饿死了。

好人真的会有好报吗？我曾无数次地问自己。感动中国的好人歌手丛飞，一生累计捐款三百多万元，资助了一百八十三名贫困学生。但这样的善人，仅仅三十七岁就离开了人世。在他罹患胃癌的最后日子，非但没有受助者前去探望，反而遭遇家长催交学费："你不是说好要将我的孩子供到大学毕业吗？他现在还在读初中，你就不肯出钱了？"

丛飞说："我病了，好几个月没有演出，暂时没法寄钱了。"

家长逼问："什么时候病能治好……"

丛飞走了，令人唏嘘的命运却还没有结束。他的妻子邢丹，竟在五年后，被车窗外扔进的石块砸中意外身亡。

杀人放火金腰带，修桥补路无尸骸。多少善良的人承受了命运不公平的对待。

留学生江歌，为了保护好友刘鑫，独自与其前男友周旋，被捅杀在楼道里，身中十余刀。而其好友刘鑫，竟连出庭作证也不愿意，极力否认江歌以身救命的事实。

杭州保姆纵火案中，林先生一家都是善良的人，让保姆开车去买菜，还借给保姆十万元钱买房，但最后善良的女主人却带着自己的三个孩子，一齐葬身火海……

卑鄙是卑鄙者的通行证，高尚是高尚者的墓志铭。北岛先生的两行诗，就是明晃晃的印证。

如果好人没有好报，为什么我们还要做好人？似乎是一个无解的问题。

2008年,我在广州读大学。每次经过中山三院,都能看到有人跪地乞讨。他们的跟前,放着一张张疾病证明,那些惨痛的故事,令人不忍卒读。要捐款吗?我不知道。我同情那些白纸黑字上写的遭遇,可是我也明白,那些故事多半是假的,我的善意和同情在别人眼里,或许只是可笑的愚蠢。

直到有一天,我跟一个做电脑配件的师兄,一起经过那里。师兄在一对跪着的父子前停下了脚步,他认真地看了那里的每一行字,然后掏出钱包,往地上的盒子里放了一张钱。

我说:"你怎么知道那不是骗子?"师兄的话令我震惊,他说:"我不知道那是不是骗子,但我知道一定有人不是骗子。那年我妈得了尿毒症,我也跟那个小男孩一样的年纪……"

我久久说不出话来。师兄的事我大概听说了一些,他是我们学校的特困生,一直在做兼职为家里还债。

一定有人不是骗子。如果跪着的那个,碰巧不是骗子。

哈维尔说:"我们坚持一件事情,并不是因为这样做了会有效果,而是坚信,这样做是对的。"我渐渐明白,那些明知遍地骗子依旧一心行善的人,是在期待自己的善意,倘有万分之一送到了需要的人手中,那便能救一条命。

即便如此,我依旧怀疑,那剩余的万分之九千九百九十九的善意,被曲解,被利用,被辜负,又当如何?在这个问题上,老梁又给了我一个答案。

那天我们在一起看《倚天屠龙记》,读到了金毛狮王谢逊的故事。

谢逊原本心地单纯，却被师父成昆杀害了全家，为报灭门之仇，谢逊四处杀人，并把罪名嫁祸给成昆，以此逼他现身。我问老梁："如果你是谢逊，你会这么做吗？"他说："我很怀疑，我是否具备成为坏人的能力。"

为什么明知要被曲解，要被利用，要被辜负，还要成为一个好人？或许，答案极其简单——善对于许多人而言，从来不需要选择。我成为一个好人，因为我原本就是好人。

善恶说不分明，就像人生难以道白。好人真的有好报吗？恐怕不是。见过一生行善的人不得善终，也见过做过大恶的人长命百岁。同理，也见过行善积德的福禄双全，恶贯满盈的终食其果。或许好人与好报，原本就是一个不可论证的命题。每个人心中对于善恶，也会有不一样的标尺。对于这个问题，我至今依旧没有找到答案。但在某一点上，我却渐渐有了清晰的认知——如果我们无法成为好人，至少也不应成为坏人。

我们可以质疑一个人的善，但不应去嘲笑一个抱着善意的人。因为对他而言，世界原本就是如此，善只是其中一种本能。就好比，对于另一些人而言，恶也是一种本能。

或许我这一生都无法解开这道难题，但我曾在网上看到一个极好的句子，正好可以作为这篇文章的结局："如果你觉得杀人放火金腰带，修桥补路无尸骸不公平，那你就不要去杀人放火，不要去做让无辜者无尸骸的人。"

CHAPTER 3

女人都不愿结婚了，
男人却还想娶个保姆

/ /

到底什么时候，女性才能在婚姻中，获得应有的平等和尊重？
到底什么时候，男性才能在婚姻中，正视自己的责任和义务？

这么痴情的男子你见过吗？

大学同学 L 是个大情种。新生见面会那天，他就向所有人坦言"此生只爱一个女人"，并且撩起袖子给我们看他的文身，是那个女生的姓名缩写。后来他加入了广播站，又进了文学社，动用平台资源讲了很多这个女生的故事，他说他们是青梅竹马的朋友，他为她打过架，进过拘留所，后来因为误会分手了，终生抱憾。

故事感动了一大票女粉丝，很快就有人捧着一颗红心求交往了，奇怪的是，L 竟从不拒绝！就这样，大学四年，L 谈了差不多七八任女朋友，可是他还是很空虚、很寂寞、很冷。

他告诉我们："虽然我身边有不同的女孩，心里却始终只有她一个！"

闺密跟我吐槽她的男朋友简直是全体前任的中央空调。在一起短短半年，她见证了他给前任修车、给前任交罚款、给前任买特产、给前任收快递……甚至前任心情不好，都能一个电话把他叫去诉苦。更可怕的是，他的前任又巨多。今天这个找，明天那个找，忙得跟上班似的。闺密实在受不了，就去找他摊牌，他倒好，理直气壮地说："我能怎么办，毕竟她们都曾是我爱的女人！"

太恶心了，一气之下，闺密也成了他的前任。这会儿，闺密觉得神清气爽了，以前三天两头见不着人，现在主动跑来问闺密有没有什么需要帮忙的！

那个人好像一条狗啊。

跟初恋分手那天起，朋友开始在签名上计数，1、2、3……一直到今天，是2920，整整八个年头。八年里，北京开了奥运会，黑人做了美国总统，英国脱离了欧盟，房价冲上了九重天……世界变得面目全非，唯独他的深情不变。这么痴情的男子，谁不为之动容？很抱歉，他的每一任女友都不会。

我亲眼见证，这些年的每一次聚会，无论身边是哪一任女友，他都要在酒足饭饱之后长吁短叹，感怀自己跟初恋情深缘浅，直言后来者都是将就，唯独这抹白月光无可替代。那么，他的初恋总应当感动了吧？某次聚餐，听人提起，该女冷笑道："呵呵，那个傻×。"

后来我们才知道，他们分手的原因，是他动手打了她。

大二时练习口语，加入了一个学习组。组里边有一哥们特苦情，看他这几年的朋友圈，感觉他的前半生全用来错过了。跟B在一起的时候怀念A，跟C在一起的时候怀念B，跟D在一起的时候怀念C，跟E在一起的时候怀念D……总之，这哥们永远不懂珍惜，像被命运诅咒似的，总要等到分手才恍然大悟——哦，原来她才是我的人生最爱啊！

全民重温《大话西游》，哥们也独自回看了好几遍，一时间满腔感叹，发了几千字的长文来怀念青春，回忆那些年那些女孩在他心里流下的泪。评论有一条特有意思："至尊宝心里只有一滴泪，你心里却有一个太平洋！"

开通公众号以来，很多朋友跟我讲他们的故事，分享一个最痴情的。男主角，且叫他小明吧。小明的前女友，且叫她小红。

小明和小红交往了七年，后来因为性格不合分手了。分手不久，小红就找了一个新男友，但新男友不太靠谱，沉迷于游戏不可自拔，完全忽视小红的存在。长此以往，小红又想起了小明的温柔体贴，时常在网上找小明求安慰，有时也会发出类似于"还是你最好"的感叹。

彼时小明已经有了新的女友，却还是孜孜不倦开导受伤的小红，并向新女友表示："我对她的爱是谁都无法替代的，你最好不要吃醋！"再后来，小红怀孕了，他的新男友却以自己没空为由，不肯陪她去做手术。于是小红只好求助小明，小明这么爱她，当然第一时间冲到医院啊，又是交费又是看护，还做好鸡汤送过去。但不幸的是，那次手术没有流干净，小红接到医院通知需要再做清宫手术，也是姑娘命苦，清宫过程中大出血，命是保住了，以后怀孕却难了。

一听这消息，小红的现男友跑得踪影都没了，电话再也联系不上，连住的房子都退租了。小红气急之下，终于想起了一直在身边陪伴的小明，坦言道："要不，你娶我吧！"于是，小明，一个痴情的汉子，二话不说，跟自己的现任分手了，跟小红再续前缘！

真爱无敌啊!

没什么好说的,就寻思着快过年了,给痴情汉子拜个早年吧!我嘴笨,就祝你们一辈子只有前女友,没有现女友吧!

他愿意为你去死,却不愿意为你努力赚钱?

一个男人可以爱一个女人到什么地步?我听过以下版本。

从一个城市到另一个城市,跨越几百公里只为陪女友看日出;耗尽一个月生活费,在学校宿舍楼下摆蜡烛放焰火,只为博得女友欢心;因为他人的一句轻薄言语,为女友挺身而出以一敌十,被打得头破血流险些送命……

人在热恋中,可以为对方生,为对方死,为对方赴汤蹈火、奋不顾身。你问我感不感动,感动,但又不够感动。我知道,他们中的大多数,刀山火海都去过了,做了一切轰轰烈烈的事,却无法安静地坐下来,为了彼此的未来,为了更好的生活,努力地看书、考证、赚钱。

前后两者,哪个都不容易。但我可以确定的是,轰轰烈烈只凭一时意气,埋头苦干却须长久忍耐。而生活,是一场长久忍耐的艰苦博弈。

多少情侣走过了轰轰烈烈,却败给了长久忍耐。

我有一个闺密,跟男友爱得惊心动魄,剧情感人堪比连续剧。男友家经济状况不好,闺密爸妈死活不答应他们在一起,于是他们想出了一条最险的路——私奔。逃到几千公里以外的北方，租住在一间不到十平方米的房子里，除了一张硬板床、一张小桌子、一个简易衣柜，就只剩四面光秃秃的墙。有一晚，闺密加班晚了，男友接她回家，在出租屋楼下遇到劫匪，他们抢闺密的包，还妄图抢走她的项链。男友想都没想，跑上去就跟歹徒肉搏，险些没被打死。

就是这么一对亡命鸳鸯，我们都笃定地相信，他们一定会结婚的，哪怕全世界反对。可就在两年后，闺密灰溜溜地回到了家乡，带着一身空空的行囊和痛失所爱的疲惫。

她的男友愿意为她去死，却不愿意为她做好哪怕一份工作，总是嫌累，跑业务累，做咨询累，坐班还是累，每一份工作都坚持不了半年。可这世上哪有不累的工作？后来有朋友介绍一个职位，很清闲，但需要考过会计从业资格证。不难考，扎实复习大半个月，就能攻下来。可对于他来讲，却难于登天，既无法放弃温暖的被窝，又无法放弃好玩的游戏。

闺密说，那段时间，她每天都加班，甚至做兼职补贴家用，还是入不敷出。她不明白，愿意为她付出一切的男人，为什么不愿意跟她一起创造美好的未来？

分手那天，闺密把自己锁在那间简陋的小房里，她说，不是难过，不是悲伤，而是孤独，铺天盖地的孤独兜头笼罩过来。那个帮她挡住了歹徒利器的男人，转过身将她独自推进了窘迫的生活里。

生活中不会有多少要你去死的时刻，但柴米油盐，每天早上推开门就在眼前。没有被生活追着跑的人，永远不会知道那是怎样一种无声的，却又令人逃无可逃的困境。

年轻人不怕穷，每天加班到深夜，睡个觉就能回血，再困难的生活，熬一熬总会过去。

可是，你永远无法想象，一个人拖着疲惫的身躯，挤上最后一趟公交车，颠簸了大半个小时后，回到那间冰冷的出租屋里，迎面听到电脑里传来的游戏厮杀声，那是一种怎样的孤独。眼前是没有尽头的生活，只有你在孤身奋战。

读者在后台给我留言，问我要不要分手。她和男友的恋爱，比我闺密的更跌宕起伏，男友为了她，几乎跟家庭断绝了关系。她一万次告诉自己，这个男人是爱她的，再苦的日子她都愿意陪他熬。可是最近，她实在是熬不下去了。她说："下班回家要经过一条长长的巷子，很黑，没有灯，但我多希望那条巷子没有尽头。因为一出去，就能看到房间的灯，他在通明的灯火下玩游戏，而我刚加完班。令人绝望的是，明天，我还要加班，明天，他还要玩游戏。"

要不要分手？分手，就要被全世界的人戳着脊梁骨痛骂；不分吧，实在是熬不下去了。

她用了一个字——熬。熬日子，熬穷。

年轻时谁都喜欢山盟海誓，喜欢惊心动魄，喜欢轰轰烈烈。坐在男友摩托车后面，马达轰隆隆地响，速度开上八十迈，感觉自己就是全世界最幸福的。可是长大了才发现，所有的惊心动魄，都不及灯下的朴素三餐来得珍贵。

是啊，轰轰烈烈只要一腔热血，年轻人多的是热血。看书考证努力工作却需要每天早起，再枯燥不过了，那些文字生涩难懂，看不了半小时，就开始头脑发胀。偏偏工作见效极慢，一时的热情哪里够用？要滴水穿石，要绳锯木断，要日复一日地修行。很难，太难了，难到再多的爱都好像不够用了。

人生啊，永远在做选择题。很多人，后来抛弃了愿意为她去死的人，选择了努力赚钱的人。所以总有人在痛骂，骂女人的现实，骂自己的一腔热血敌不过半两黄金。可是，你没有熬过。你没有熬过，就不知道那个换了选项的人，经历了怎样的孤独、痛苦、无助、绝望。那是一个女人一生中，再也不愿意重蹈的时刻。那才是生活真正残忍的地方。

女人都不愿结婚了,男人却还想娶个保姆

从来没有哪个时代,女人像今天一样抗拒结婚。

单是一个星期,我已经在朋友圈看到了好几篇弥漫恐婚情绪的文章,电影《爱玛》里那段经典台词——"因为我会成为一位富有的老姑娘,只有穷困潦倒的老姑娘,才会成为大家的笑柄",几乎成了每一个单身姑娘的金句。

是的,自从赚的钱足够交房租和买包包,修下水道和搬煤气又可以上网找师傅,现代女性所需要的一切,似乎都能自给自足。既然一个人过得那么好,何必平白找个人给气受?女人们就这样轻松地达成了共识。

可是,男人们在想什么呢?

表姐最近被爸妈架着去相亲。对方是一个拆二代,家里经济条件很不错,有车有房有铺面。哥们还没坐下,就摆出了高人一等的姿态:"我爸妈非要叫我来,女孩子嘛,追我的多得是,也不知道他们在急什么?"

一番初步了解后,他开始讲对结婚对象的要求,漂亮、温柔、贤惠,最要紧的是帮他打理好家里的一切:"我爸妈上了年纪,希望能

找个女孩子好好孝敬他们,我现在又在事业的上升期,工作比较忙,家里的事就不要让我操心"。

表姐说:"那我的事业呢?"

对方惊讶:"一个女人家,你还想在外面抛头露面吗?"

表姐哂笑。他不知道,年仅二十八岁的表姐,已经拿着二十万元的年薪。她拥有去看世界的资本,又怎么甘心把自己困在一间房子里,跟家务和婆媳关系做缠斗?

"不好意思,我是来找伴侣,不是来应聘保姆的。"表姐奉送了一记白眼,转身离开。

闺密的男友更好笑。双方交往了一年,准备把婚事提上日程。闺密是独生女,家里自然宝贝无比,老人家没什么要求,只求未来的丈夫对她好,过年过节多回来看看。可是她的男友说:"嫁给我就是我家的人,过年过节当然得在我家。"可能是为了照顾闺密的感受吧,他又大发慈悲补上一句,"过年还是可以回娘家的,不过得等到年初七,我家亲戚比较多,要几天才能走完。"接下来他又说,"我父母还没退休,以后没空带孩子,孩子得你妈帮忙带。"

你以为这就是高潮?不,不,随后,男友诚恳地摆出了自己的底线:"其他什么的都好说,但有一条,必须得生一个男孩。"话到这里,再谈就腻了。可是不知道为什么,那一瞬间,闺密没来由地想俏皮一把。

她想,你能说出买断性的要求,准备的礼金少说得三五千万吧,于是仰头一问:"那你准备给多少礼金呢?"

你喜欢,
不如我喜欢

▶▷

当初想要的，如今都已得到。

当初拥有的，如今却都已失去。

"什么？还要礼金啊？你们家卖女儿吗？"男友反问道。

呵呵。

未婚的在观望，已婚的呢？同事晓雯最近正在办理离婚，房子不要了，车子不要了，她只求尽快离开身边那个男人。

结婚以来，丈夫每天都当甩手掌柜，一下班就玩游戏，把家庭事务一股脑丢给她。刚开始那两年，晓雯尚且可以忍受，但孩子出生后，一切就变得忍无可忍。她每天就像个陀螺，不停地转动，这里脏了，那里洒了，丈夫通通不管，反倒要指责她不爱卫生。孩子一个劲地哭，丈夫近在跟前也不肯去哄，反倒指责正在厨房忙上忙下的她。

晓雯说，直到她提出离婚，丈夫还一脸懵逼，他实在不明白，从他爷爷的爷爷那辈开始，哪个大老爷们要干家务，为什么独独是自己的妻子这么矫情，动不动就说自己得了什么抑郁症？

再打开新闻，每天都有数不清的"反婚姻公益广告"——某羽坛名将出轨了，却还大言不惭地回应"无所谓了，总会有人理解或者不理解你"；湘潭一位年轻妈妈的老公嫖娼又家暴，走投无路只能带着两个孩子自杀……

谁不怕？

有段时间，出轨的明星一个接一个。女性朋友都在朋友圈义愤填膺，可是评论里，总有一些男性用习以为常的口吻概括道："男人嘛，出轨很正常啦！"是啊，出轨很正常，逢场作戏是难免的，又有几个不嫖娼，不会做家务怎么了，不就下班玩几盘游戏吗，我妈上了年纪不容易，做点家务看把你矫情的，带孩子这么简单的事怎么你都不会……

"不是不想结婚，而是不敢结婚。"身边的一位女性朋友跟我说。是啊，谁会愿意忍受着身材走样的痛苦，生下一儿半女，一边忍受公婆的无故指责，一边忍受只会玩游戏的巨婴丈夫，在无穷无尽的家务和孩子的啼哭声中，一天一天消耗最宝贵的年华？

尽管形势如此严峻，许多男人还沉浸在美梦中，希望妻子出得厅堂、入得厨房，在外辛苦工作，在家打理家务，像女超人一样无所不能，还要温柔体贴不发脾气。金星的《中国式相亲》就是最好的例证，一群家长领着自己的巨婴，来挑选一个倒霉的姑娘，去伺候他们一家老小。

到底什么时候，女性才能在婚姻中，获得应有的平等和尊重？

到底什么时候，男性才能在婚姻中，正视自己的责任和义务？

醒醒吧，大清早灭亡了！

A 女配 C 男，是男人最恶心的谎言

偶然听到一个观点，一等男人找二等女人，二等男人找三等女人，一等女人就只能嫁三等男人了。

哈哈哈，让我先笑三声，从未见过如此厚颜无耻之人。

一等女人难嫁吗？难嫁。这是一句大实话。任何一个经济独立、灵魂丰满的女人，都难嫁。如果再添上几分美貌，婚嫁就难于上青天了。因为可以吸引她的男人太少了。她自己有钱，就不用为了钱折腰；她自己有房子，就不用靠婚嫁换一个住处；她自己有生活，就不必眼巴巴地找一个男人来打发时间和寂寞。

人生一旦有太多选择，婚姻就不再是必需品。她有足够的时间慢条斯理地等待，等待那个令她怦然心动的人，等待那个叫爱情的东西。稍有生活阅历的人都明白，爱情就像鬼，人人都说有，可就是鲜少有人见过。

一心要遇见爱情的人，必须经历漫长的等待。所以女高管"剩"下了，女博士"剩"下了，无数优秀的女人都"剩"下了，这是她们自主选择的结果，却总有一些不知道优越感从哪来的男人，带着看笑话的嘴脸指指点点："看吧，嫁不出去了吧！"

放心，再嫁不出去，也不会嫁给你的。因为优秀的女人，最不屑做的，就是将就。

一等女人会嫁三等男人吗？别开玩笑了。以《欢乐颂》为例，你能想象安迪会嫁给白渣男吗？不，她的层次，连接触白渣男的机会都没有，围绕在她身边的，是老谭，是小包总，是奇点。她跟老谭谈金融，跟小包总谈生意，跟奇点谈宇宙和数独，跟白渣男谈什么？岛国电影吗？

别做梦了。物以类聚，人以群分，是最朴素的交际原则。交友如此，择偶更是如此。一个日夜埋头苦读的人，不太可能爱上一个游手好闲的人；一个对生活有精致要求的人，不太可能跟邋遢拖延的人在一起。

一个有趣的灵魂，一定会跟另一个有趣的灵魂相遇。因为只有这样，才能满足感情生存的基础：聊得来。连聊都聊不来，还谈什么婚嫁？越优秀的女人，越深谙这个道理。同理，越优秀的男人，也越深谙这个道理。因为婚姻是世上最讲究势均力敌的博弈，美貌是资源，智慧是资源，金钱是资源，一副好脾性也是稀缺的资源。两个步入婚姻的人，不一定拥有同等的智力，也不一定拥有同等的财富，但他们的一切资源相加，一定足以让婚姻的天平保持平衡。

现实生活中，公主不会嫁给青蛙，王子也不会娶灰姑娘。而事实上，就连在童话故事里，公主嫁的，也只是曾经被变成青蛙的王子。王子娶的，也只会是家道中落的贵族小姐。

不过，身边的确有一些看上去很优秀的女人，嫁给了看上去很普通的男人，这是怎么回事呢？

我很喜欢知乎上一个答案：要么，只是这个女人看上去很优秀；要么，只是这个男人看上去很普通。

我身边就有这么一对。一个赫赫有名的美女作家，她的老公，不管是外貌，还是经济条件，都远远不如她，两人一同框，就是巨大的视觉反差。这大概就是外人眼中的A女配C男了。但是，所有朋友都知道，她那其貌不扬的丈夫，其实是一个历史学家，他们在一起有聊不完的话题。而且，那个外人眼里木讷笨拙的先生，居然还有一腔绝顶的幽默，他把一个男人的智慧，演绎得淋漓尽致。谁又敢说，这是一个C男呢？

当然，真正的C男，还是会执着地相信，世界上一定有很多"剩"下来的A女，老了丑了没人要了，哭着喊着要嫁给他们。

呵呵，真是抱歉了，我们女人真的没那么恨嫁的。实在寂寞，会养条狗。

没钱又不帅的男人,好姑娘凭什么嫁给你?

我有一个朋友,二十岁出头就已经是百万富翁。直至今天,她没有男朋友,说实在是太难找了,"我自己有钱,又不是外貌协会,所以经济实力和长相都不是我要重点考虑的。而能够单纯以人格魅力吸引我的男人,又有几个呢?"

她的话让我想起了此前在网上看过的一则民国时期的相亲公告,女方所列标准如下:

1. 面貌俊秀,中段身材,望之若庄严,亲之甚和蔼。

2. 学不在博而在有专长。

3. 高尚的人格。

4. 风姿潇洒,身体壮健。精神饱满,服饰洁朴。

5. 对于女子的情爱,专而不滥,诚而不欺。

6. 经济有相当的独立。

7. 没有烟酒等不良嗜好。

8. 有创造的精神,有保守的能力。

公告赢得了广大男同胞的一致点赞,纷纷认同它才是择偶的应有态度,反观现代女性,动不动就提车子、房子,实在太势利了。是的,我也认同,并且我相信,倘有男性符合以上标准,大部分的女人,哪怕雪夜私奔、当垆沽酒,也愿意嫁他为妻。可惜,真是讽刺啊,我把身边的朋友认真地想了一圈,有车有房又长得帅的,多了去了,符合以上标准的,绝少,几乎没有。

男人们不明白,车子和房子不过是择偶菜单上的最低保障项,真正的高段位玩家,要求你学有专长、人格高尚、诚而不欺,才真正是扒光了你的衣服来羞辱——看吧,你不仅没钱,还很差劲。

世界上再也没有比女人更博爱的生物了。

一个女人爱上一个男人,可以因为他打得一手漂亮的篮球,可以因为他工作的样子很认真,可以因为他会唱几首小众民谣,甚至可以因为他穿了一件正好得体的白衬衫……

那么多理由,你没有一个符合?没关系,要不你试试每年一次义务献血,遇到轻松筹随手捐上几十元,看到男人打女人上去劝个架?还是不行?再简单没有了,不要随手扔垃圾行吗?不要闯红灯行吗?不要插队行吗?不要酒后驾驶行吗?不要上班迟到早退行吗?都做不到啊?那我帮不了你,我们还是来谈谈房子和车子吧。

别说以上没有用。我高中时的班花,嫁的就是这么一个男人。不帅,就是在集体照上完全不会引人注意的那种,家境也不怎么好,大学时期还拿着助学贷款。但是邪门的是,就是好多姑娘都把他列为理想对象。

为什么?班花给出了两个字:绅士。他就是书上说的谦谦君子的样子。举个例子吧,有一次,他帮大家复印身份证,有女生开玩笑叫他不要看照片,他真的就刻意回避视线,不往证件照上瞥,就是这么一个人。

毕业以后,他跟班花在一个公司上班,正巧碰到上司潜规则,对班花动手动脚,所有人看到了,但没有人敢声张,只有他站出来,跟班花一起向人事部门举证。

班花说,他挺身而出的瞬间,就决定要嫁给他了。对啊,就是那么简单。在一群候选人中,他最穷,也最不起眼,但人格魅力这种事啊,就像是当空的皓月,光芒胜过一切繁星。

可是总有一些人,喜欢把什么都栽赃给没钱。

记得某次饭局,一个年轻男人,不知受了哪门子刺激,一个劲地向我开炮,抨击现在的女人太势利了,动不动就谈房子、车子,没有一点内涵,噼里啪啦讲了一大通。我提起了兴趣,回应他道:"你想讲什么内涵,我们来聊聊尼采或者叔本华,如果你对文学不熟,我也可以跟你谈谈 BAT(百度、阿里巴巴、腾讯)?"

那个男人愕然,反问道:"什么是 BAT?"

当然,我猜想,他一定也不知道谁是尼采,谁是叔本华。

我本来就是没什么内涵的人,对互联网也所知甚少,换了别的什么人,兴许只能乖乖听训。但眼前的那个年轻男人,我了解得很,毕业这么多年了,除了游戏玩得好,其余一无所长。五年换了八份工作,原因是觉得每一任上司都是大傻×。女朋友呢,谈了两个,一个养了他两年,一个养了他三年。

分手的时候,他恶狠狠地在朋友圈发誓:"等我以后有钱了,要你们哭着回来求我。"

你说，这种人，不跟他讲钱，讲什么？讲哪个英雄最强大，哪个道具最牛×？

是啊，社会很现实，经济实力雄厚或者长得漂亮，就如同得到一张VIP门票，做什么都比别人来得容易。但拿不到VIP的你，可不可以也争气一点点，不要连一张普通入场券都赢不回，还要责怪别人为什么收门票？

见过太多的人，不管多么不上进，哪怕又劈腿、又家暴，只要女朋友一提分手，就要愤怒地叫喊："还不是因为我没钱！"果然，没钱是一块很好的遮羞布。毕竟，穷可以怪社会，丑可以怪爸妈，没出息呢，总不能怪地心引力吧？

钱很重要，但是在爱情面前，钱真的没有那么重要。认识一个拆二代，特喜欢炫耀自己家多有钱，在中年大叔都不会把钥匙别在裤腰带的年代，他还孜孜不倦地在腰间挂着自己的宝马车钥匙。

每逢有人开玩笑要给他介绍对象，他就要不经意地介绍一次家里的房产、地产。我听得耳朵都要起茧了。直到有一天，终于有人忍无可忍，质问道："你这么有钱，还没个女朋友，人是有多差劲啊？"

看，解气吧？

反之，没钱又不帅的男人，好姑娘凭什么嫁给你？我来告诉你，凭你自己。

你认识的最拜金的姑娘长什么样？我认识一个，她总是开玩笑，给她一百万，可以直播吃翔（为什么我会认识这么重口味的朋友）。可是有一天，我们问她，给她一千万，换她男朋友干不干？她斩钉截铁地说:"滚你的!"

她的男朋友,别说一千万了,一万元都没有。可是他懂行业最尖端的知识,懂什么场合说什么话得体,懂怎么做出一道最好吃的红烧牛肉。这样的人,在他的女朋友心里,就值一千万。

我们忘了,任何一个人,他的价值,本该不止一千万的。

别天天玩游戏了,实在无聊,去看点书吧。再不行,扶老奶奶过马路也行,说不定,那就是未来的丈母娘呢!

"爱上你是为了忘记她"

"爱上你是为了忘记她。"我今年听到的最厚颜无耻的话,就是它了。

读者留言跟我倾诉的时候,我简直恨不得钻进屏幕去揍那个男人。他跟我的读者谈了四个月恋爱,其间对她好得不得了,他们一起去巴厘岛旅游,一起去野外露营,还给她隆重的生日 Party,把她感动得不得了,以为遇到了自己的真命天子。

直到上个星期,他毫无预兆地跟她提了分手,他告诉她:"爱上你是为了忘记她。"所谓的"她"是前女友,而前女友,正好长得有点像我的女读者。所以,他在这个女孩身上找弥补,把他和前女友还没来得及做的事情,通通做了一遍,以此来渡过令人心碎的失恋期。

好了,现在他圆满了,成功渡劫了,就可以随随便便找个理由,将替代品甩在身后。我天,真是渣得清新脱俗啊!用文艺青年的话来讲,就是"后来我爱上的人都像你"。

感动吗?感动,个屁!

故事罕见吗?不罕见。常见到鸡汤博主会堂而皇之地开导你:忘记一个人最好的办法,一是时间,二是开始下一段恋情。的确,方法挺奏效的,毕竟又要忙着新一轮的恋爱,谁还有空怀念旧情人。可是，这下一段恋情的主角，是挖了谁家祖坟怎么的？活该欠你的？

我身边就有这样的人，为了从上一段痛不欲生的恋情中走出来，随随便便就跟另一个人在一起了，先把情侣间可以做的、不可以做的事通通做完，再一副情圣的样子，告诉那个倒霉蛋："抱歉，我还是没法爱上你。"

你还不能指责他，你一指责他，他就会跟你讲一个长达三天三夜的爱情故事，什么青梅竹马啊，什么两小无猜啊，我和她的爱情故事如此感人，我实在忘不了她啊，你委屈点做做跳板怎么了？

呵呵，简直闻着伤心，听着落泪，我隐约听到了背景音乐，那句"闭起双眼我最挂念谁，眼睛睁开身边竟是谁"适时地响起，全场陷入了一种情难自控的悲痛中。眼睛睁开身边竟是谁？恕我直言，你们就只配睁开眼看到贞子，吓死你！

正所谓，明骚易躲，暗贱难防。渣男不可怕，可怕的是渣男伪装成情圣的样子。

很多年前，有一部电视剧叫《一帘幽梦》，里面有一句经典的台词，至今还在网络上流传："你失去的只是一条腿，而紫菱呢，她失去的是爱情！"那个叫紫菱的女主，插足了姐姐和准姐夫的恋情，并且间接地害姐姐出了车祸，失去了一条腿。全剧在渲染紫菱的天真、活泼、无辜，她向往爱情，因为失恋痛不欲生。而那个失去腿的姐姐，既恶毒，又变态，整天神神道道的，用各种方法打击报复。用得着吗？又没有失恋……

童年时看到剧情，三观碎了一地，可是直到长大我才发现，身边到处是这样的人,他失恋,他最大,他在全国找备胎,诗人为他写诗,歌手为他献唱,不信你听那首风靡全球的 *Someone like you*。

歌词翻译过来,是这样的:

我听说你已心有所属
你找到了一个合适的女孩并和她结了婚
我听说你已梦想成真
我猜,她给了你我所未能给予的
无所谓,我会找到一个人像你一样
我别无所求,只希望你能过得好
求求你,不要忘记我

求你个头!分手了麻烦就当前任死了好嘛!好好地从头开始不好吗,还找一个像他的人干吗?还想再被甩一次吗?

当然,在此声明一下,我对此文中提到所有歌手、词人没有意见,我既是陈奕迅的粉丝,又是阿黛尔的粉丝。我就是瞧不惯一些人,打着爱情的旗号不要脸。比如现在很多人都会陷入一种困扰中,如果遇不到喜欢的那个人,要不要随便找个人将就了?鸡汤都说了,婚姻就是搭伙过日子,爱不爱,没有那么重要。

是的,爱不爱,没有那么重要。那是因为你的所有想象中,自己永远是光鲜亮丽的男一号、女一号,从来没有假设过,自己就是那个倒霉蛋!但谁还不是小公主怎么的,谁又不值得被温柔对待呢,谁会愿意一生都做备胎，谁要成为别人的将就对象？这不仅不公平，而且侮辱人，侮辱了所有真诚付出并且期待回应的人。

我相信，感情的世界终将有轮回报应，每一个热衷找备胎的人，终有一天会成为别人的千斤顶。

愿你，成为别人的千斤顶。

"我们男人会出轨，都是你们女人的错"

"天天躲在厨房也不知道打扮自己，老公不被漂亮小姑娘迷住才怪。"

"你看她那个脾气，天天沉着脸谁受得了。"

"老公在外面赚大钱，她只会洗衣服做饭，怪不得被嫌弃啊！"

"一个女人那么强势，哪个男人受得了呀？"

每次有男人出轨了，就有人来挑女人的刺，意思就是你不够漂亮、不够温柔、不够有钱还不会伏低做小，你老公出轨是活该，不出轨才是奇迹。

为了防止男人出轨，很多毒鸡汤开始教女人怎么做，你要温柔如水性情体贴，一边做家务一边带孩子一边上班，最重要的是，任何时候要把自己打扮得美美的，老公才会回家早哦！

呵呵，爱回不回，不回拉倒。我们女人活在世上，不是为了取悦男人的，你出轨是你的错，凭什么要我检讨？

所有将男人出轨归咎为女人没有本事的，要么蠢，要么坏，要么又蠢又坏。

说他蠢，是因为他没有生活阅历。总有一些人站着说话不腰疼，谁叫你不出去工作,做家庭主妇活该没地位啊!那我问你,如果你的父母还没有退休,又或者不愿意帮你带孩子,你生了孩子要怎么办?送给别人吗?还是塞回肚子里?这就是很多家庭的现状。但凡可以选择,真没人愿意天天在厨房和客厅倒腾,就我个人而言,我宁愿加班到深夜,也不愿意带一个小时孩子,因为累,太累了,不是抱着就是追着跑,累得腰酸背痛,十成十的体力活,谁干谁知道。

生活两难齐全。一个女性为家庭的牺牲奉献,却总有一些不怀好意的人,在他人的一地鸡毛前,双手一叉,高贵冷艳地提出一百条做贵妇的指导意见,非但不体面,反而显得浅薄。

你是有多无知,才以为家庭主妇是个轻松的职业啊?而要求一个全天无休、全年无假的主妇,还要温柔如水,兼而美艳动人,就是坏。

"你洗完衣服做完饭,就不会擦个护手霜吗?"

"孩子十点钟睡了,你十一点不还可以练个瑜伽吗?"

"孩子也不是每分钟都哭闹,趁他没哭赶紧看会书提升下气质不行吗?"

……

周扒皮都不敢说的话,厚颜无耻之人敢说。除了坏,没有别的形容词。

世上只有家庭主妇的丈夫会出轨吗?不,男人为出轨找的借口,多到你不敢想象。

妻子怀孕了,生理需求没法满足。出轨很正常吧?

在一起这么多年没感觉了,偶尔偷个腥应该的吧?

外面的小姑娘漂亮,被诱惑了没什么奇怪吧?

最好笑的是,连女人赚钱多,也是男人出轨的理由。我有一个做工程的朋友,就是因为收入太高,常年在外面出差,被老公嫌弃"不像女人",老公转身投进了别人的温柔乡。更令人气愤的是,婚姻终结的时候,更多人说女方的风凉话,人们好像选择性忘记了过错方是出轨的男人,全把原因归咎到了她身上:女强男弱的婚姻怪不得啦,她赚那么多钱,老公心里肯定不舒服的啊。此处除了一张"黑人问号.jpg",还能说些什么?

所以,男人们要的是一个永远年轻漂亮、温柔如水、每天都有新花样、工资还恰巧比自己少一元钱的妻子?该别是想笑死我,好继承我的信用卡债吧!

最后,我们性别互换一下,再来看看这些理由。

既然颜值下降是出轨的理由,那我国男性的平均颜值应当很高吧?笑出声。街上一大片啤酒肚、地中海跋着拖鞋邋里邋遢的景象,该别是行走的青青草原吧?

既然脾气不好是出轨的理由,那些酱油瓶倒地都不扶,还要没事在家大呼小叫的大老爷们,你们要小心哟!

既然生理需求也是出轨的理由,那可就厉害了,据研究统计,百分之八十的女性一生从未有过性高潮,百分之八十,一生,从未……

我们是不是也可以出轨啊,我们是不是也有充分而必要的理由啊?不,我们不会,因为树要皮,人要脸,我们跟禽兽还隔着几万年的进化史。

再说,即便婚姻真的走到了毫无生机的绝处,依旧还有一条道路可以选择:离婚。离婚就是给厌倦婚姻的人设置的安全退出机制,你老婆不好,为什么不离婚啊?不,他们才舍不得离婚呢,离了婚谁来洗衣做饭带孩子,谁有事没事做受气筒,谁来照顾老人孝敬父母?

既想彩旗飘飘,又想红旗不倒,还要把黑锅往女人身上扣。此处借用蔡明老师的一句经典名言:恶心他妈给恶心开门啦,恶心到家啦!

"不要和有思想的女生谈恋爱"

偶然听到两个男孩在谈论择偶标准,一个对另一个说:"要找女朋友,千万别找太聪明的。"我心头一惊,什么时候起,连聪明也变成了一种罪过?不过,很快我就明白了,他们所说的"聪明",指的是拥有独立思考能力的女孩,她们精神独立、灵魂丰满,千好万好,唯有一点不好——不听话。

我想起一位前同事。他曾有个女朋友,是某名牌高校的硕士研究生,恋爱谈了两年,最终在父母的干预下,仓促分手。为什么?因为父母希望他找一个"规规矩矩"的女孩,结婚以后辞去工作,安安心心地操持家务带孩子,无条件地支持丈夫的事业,最好连娘家都不要回,落地生根地为他们生儿育女。

显然,女孩不是他们的理想对象,她总想闯一番自己的事业,刚毕业就做好了职场规划,这么"不听话"的女孩,娶回来还不得上天?前同事跟我说起这段,一脸"造化弄人"的遗憾。我倒觉得分了挺好的,不娶之恩,功德无量。

在我还没结婚之前,就时常有人向我传递婚姻"幸福"的奥秘,这条法宝极为简单,八个字:睁一只眼,闭一只眼。

你要假装糊涂，丈夫出轨了，要装没看见，该干吗干吗，等他玩腻了，自然会回归家庭。

你要得过且过，在婆家受了欺辱，忍一忍就过去了，千万不能出言顶撞，否则就是不大不敬。

你要舍弃自我，自由可以放弃，理想可以放弃，原则可以舍弃，只要为了家庭，什么都可以舍弃。如此，才会和谐美满，白头到老。

我还记得，在我很小的时候，同一个大院里，有个很年轻的姐姐，跟丈夫离婚了。大家在背后说她的闲话，简而言之，一切怪她不会"装傻"。老公不过在外面拈花惹草，她就吵着嚷着要离婚，如果能忍一忍，睁一只眼，闭一只眼，何至被扫地出门。在众人眼里，一个女人的最大福分，就是丈夫不跟她离婚，哪怕那段婚姻再畸形再糜烂，只要还有一纸证书在，女人就要感恩戴德。

呵呵，如果幸福的定义如此低等，喂狗去吧！我宁愿高傲一点孤独终老。

一个真正有思想的女人，绝不会步步委屈，来求得瓦全。她们要寻找的，是一个真正的灵魂伴侣，譬如钱钟书和杨绛先生那般，志趣相投、相濡以沫，一起投身文学和专著。又譬如梁思成和林徽因，他们一起走过山川大河，手绘下古建筑的图本。又譬如三毛和荷西，足迹踏遍撒哈拉，你爱谈天我爱笑。

然而，夏虫不可以语冰，井蛙不可以语海。有些人终其一生，也体会不到两个人共进退、共祸福的美好。他们要的，只是一个允许他们彩旗飘飘、红旗不倒的"听话"女人。在他们眼里，一个女人的最大贤惠，就是用无底线的自我牺牲，换来家宅安稳，不生变数。所以才有人说，对一个女人最高级的赞美就是"你不适合娶回家做老婆"。

她漂亮又聪明，成天打扮得花枝招展，娶回家多不放心。什么，还有自己的事业？那可就完蛋了，哪有时间洗衣做饭带孩子？收入还很高？那就坚决不能考虑了，娶回去还不得当祖宗供着，骂她两句她会驳嘴，不能要，坚决不能要。

呵呵，说得好像你想要，就能要得到似的。

如果你只想找一个听话的女生。拜托了，千万不要和有思想的女生谈恋爱。因为她们很难搞，一眼就能看穿你的小心思，那点花花肠子根本就瞒不过。她们也不打算装傻充愣，为了一个虚假的安宁，无底线地牺牲自我。她们更不愿意委曲求全，步步退让，步步隐忍，成为别人的扯线木偶。

她们有自己的精神世界，那里无边浩渺，熠熠生辉，只留给有同样志趣的人，来携手同行、共同进退。是的，你驾驭不了她，任何人也驾驭不了她。她不会为你任劳任怨，也不会听你驱使差遣，她既不是谁的保姆，又不是谁的生育工具，你找她谈恋爱，会被活活气死的。

赶紧地，出门左转，离她远远的。毕竟，我们也真的很怕智商会相互传染。

女人如衣服，你干脆跟兄弟在一起！

"女人如衣服，兄弟如手足。"每次听到，我都要在心里骂一句："厉害不死你，有本事裸奔嘛！"

总有一些男人，喜欢把家当旅馆，把酒肉朋友当兄弟。

一个读者告诉我，她的丈夫一周七天，至少出去应酬五天，每晚都到十一二点才回，回来一身酒气，抱着马桶就吐，吐得满身污脏，也不洗澡，倒在床上就睡。她呢，带着几个月的身孕，挺着大肚子清理完老公的呕吐物，躺在熏天的酒气里，整夜整夜地失眠。

天亮了，老公拍拍屁股上班去了，完全忘了昨晚发生了什么，你还不能说他，一说他就要嚷起来："你个女人家懂什么呀？我们男人总有应酬的嘛！"说得自己是年薪几百万的商务人士一样，对对对，上班难免要应酬，我知道。

恕我直言，大部分男人，不过是打着应酬的幌子出去喝酒罢了。既不是跟客户，也不是跟同事、上司，就是几个平常聊得来的酒肉朋友，你吹捧我几句，我吹捧你几句，再彼此规划一下对未来的畅想——明天，最迟后天，就要成为马云第二了，想想还真是有点小激动呢。

这样的酒，他们能一喝好几年，连聊的话题都一样，喝醉前我是中国的，喝醉后中国是我的，大家一起拍拍胸脯，就是一个联合国。

呵呵。

什么叫拎不清，这就叫拎不清。真正的兄弟，不会明知你开车还劝你喝酒，不会把你灌得夜夜烂醉脸红脖子粗，不会非要你喝到胃出血。很多男人永远分不清谁对他真情，谁对他假意。

我有一个朋友，半夜打电话给我痛哭，她老公有个所谓的哥们，大半夜的约他去邻市喝酒，还说要给他引荐一些朋友，两个人连夜驱车跑了。朋友在电话里泣不成声，生怕她老公疲劳驾驶出事，更怕他们回来的时候酒后驾驶。而她的丈夫呢？却直接训斥她，说："这么大个人了，一点小事怕什么？"他觉得别人叫他喝酒是给他面子，却不知道真正关心他的人，担惊受怕了整整一夜。

喝了那么多场酒，交情应该很好吧？年初朋友家出了点事，需要一大笔周转资金，平时嚷嚷哥俩好的朋友，一个人影也不见了，个个说自己忙啊，不然就是手头紧啊，见到他跟躲鬼似的。是谁在为他四处奔走？只有那个平时唠唠叨叨的妻子，替他一肩扛下生活的重压，还回娘家借了钱，帮他周转应急。

打脸哦，啪啪啪。

还有一种男人，凡事以哥们为重，哥们的事，赴汤蹈火，女友的事，置若罔闻。

以前的舍友找了一个男友，约好了一起吃饭，哥们一个电话打来，拍拍屁股就走了，直接把她晾在饭馆里。约好一起过圣诞，哥们临时说要组织一个饭局，二话不说就放了女友鸽子。最可恨的是，情人节那天，他一个哥们失恋了，他居然毫不犹豫丢下女友，陪哥们一起去看电影了！两个大老爷们，坐在情侣堆里吃爆米花，也不嫌恶心反胃。舍友跟他在一起两年，约会的次数用手指可以数出来，这还不是最惨的，最惨的是，他会在约会的时候，叫上哥们……

你能想象一个妹子，洗了头化了妆，浓情蜜意地等男友来赴约，结果对面走来一群彪形大汉，男友还一脸呆萌地问她："意外不意外，惊喜不惊喜……"

降龙十八掌！

说真的，他们既不懂友情的界限，又不懂恋情的底线。他们不懂君子贵交心，误以为好朋友就是酒桌上的豪言壮语，酒肉之交一大群，到了患难临头却一个也找不到，还要沾沾自喜，觉得自己人脉通天。他们也承担不起作为伴侣的责任，缺乏经营一段感情的能力。他们没有意识到，眼前的是一个活生生的人，需要日常陪伴，需要情感交流，更需要私密空间。

比起伴侣责任的缺失，更令人不爽的，是他们对女性的不尊重，比如：

"我们大老爷们的事，你一个女人家插什么嘴？"

"男人间的友谊，你个娘们懂个屁啊！"

"女人如衣服，男人如手足，再BB老子换了你。"

呵呵，老娘就算是衣服，也是你买不起的奢侈品。你在一边看够了，就麻溜地跟你的兄弟一起裸奔去吧！

"我月薪一万,娶个保姆怎么了?"

早两天搭滴滴专车,遇到一哥们,一上车就开始跟我炫富:"我其实不缺钱,一个月光收房租就有几千。"哥们抬起一只手,扬了扬他的大金表,好像是挺牛×的样子。听我赞叹了一声,他说得更来劲了:"我跟我老婆说了,只要她听话,一辈子不用干活。"一辈子不用干活?这么好的待遇哪里去找?我急忙问:"那你家请了保姆来洗衣服做饭吧?"

哥们一愣:"花那闲钱干什么?我老婆做啊!"说好的不用干活呢!洗衣服做饭不是活吗?哥们一脸"小孩子家家懂什么"的嫌弃表情,瞟了一眼我道:"洗衣服做饭还嫌累?人家的媳妇哪个不是上完班回来,还要洗衣服做饭?"

哦?是吗?我突然觉得老梁对我太好了,因为我既不上班,又不洗衣服做饭。

"你说,像我条件这么好的人,她还能去哪找?"

我急忙点头:"对对对!您说得太对了!"

车一路往前开,我要进市区,下班高峰期塞车严重,我们就堵在了一个十字路口。

"唉……"他突然叹了口气,换了一种很沮丧的语气问我,"你说，我这么好的条件，怎么留不住一个女人？"我一听这话提了神，显然，接下来会是一个好故事。

原来，这哥们最近正在办理离婚手续，他们已经有两个孩子了，大的六岁，小的三岁，可是老婆却强烈提出要离婚，哪怕什么财产都分不到。

"我就想不通，她到底哪里过得不舒坦，结婚这么多年，没叫她上过一天班，我脾气是大了点，但是从来没有动手打过她，日子怎么就过不下去了……"

日子怎么过不下去？我猜，大部分的女人，看到现在能想象那是一个怎样的丈夫了。

"我月薪一万你得听话。"

"洗衣服做饭带孩子你还嫌累？"

"脾气大但是没打你不已经很好了吗？"

"像我这样的条件你去哪里找？"

要妻子"听话"，是不懂尊重。

无视洗衣服做饭带孩子的辛苦，是不懂体谅。

不动手家暴当成"好"，是不懂疼惜。

认为自己条件好高高在上，是不懂平等。

面对一段没有尊重、体谅、疼惜、平等的婚姻，妻子做出离婚的选择，错了吗？至于月薪一万，就更为可笑了，如果一万的薪水，就

▶▷

做公众号以来，有幸收到了很多读者的故事。那些活生生的人、那些真实的故事，一个个充斥在我们所处的人间，快乐的时候确实快乐，心碎的时候也是真切的心碎。

托尔斯泰说："幸福的家庭是相似的，不幸的家庭各有各的不幸。"我收集了一些读者的故事，经同意后发布。大多数故事的主人公，且叫"莉莉"和"小武"吧。

或许，我们也曾与他们擦肩而过。

"你还有孩子,她只有我"

莉莉的老公,是出了名的靠谱先生,诚实稳重有担当,完全不像会出轨的样子。是的,他还是出轨了。对方是一个刚毕业的大学生,年轻,漂亮,还有惨痛的身世。

那个女孩没有家,父母离异后,将她像皮球一样踢到姥姥家,由老人抚养长大。姥姥去世了,她就过上了"讨饭"的生活,父亲家蹭一段时日,母亲家再蹭一段时日,受尽了继父、继母的白眼。

用女孩自己的话来讲,遇上这位靠谱先生,是她人生最值得庆幸的事。他是她的顶头上司,工作上指点她,生活上照顾她,尤其是得知她的身世后,对她怜惜有加,但凡能帮忙的,一律帮到底。

是什么时候睡在一起的呢?那天,女孩子搬家,叫他去帮忙,搬完已经是夜里,女孩就说一起吃夜宵吧!两人去了楼下的消夜档,兴致所到,就喝了几瓶啤酒。女孩说:"喝了酒可不能开车,不如到我楼上坐会儿吧!"

那一刻的春风,该是极为撩人吧!他隐约还有理智,知道那扇门一旦推开，一切就回不了头了，可是，酒都喝了，哪有不乱性的道理。而后，两人就上了床。

对，她是个处女。妻子跟他在一起时，不是处女了，他不是有处女情结的人，可是那一刻，当他的床上真真切切躺着一个处女，他才觉得，这层膜真珍贵啊。再说，她的身世已经这么凄惨，他怎么忍心再辜负她？更何况，她那么年轻，那么漂亮！

就这样，他们开始偷偷摸摸地交往，其间女孩为他流过一个孩子，即便是这样，女孩也没有胁迫他离婚。倒是家里的妻子，脾气越来越大，动不动就疑神疑鬼，尤其是他每回托词"出差"回来后，妻子都要颐指气使地"审问"他，让他特别反感。

第一次爆发剧烈的争吵，是因为她趁他洗澡，偷偷查看他的手机。莉莉说，那天，丈夫回来得很晚，一丢下包就直奔浴室，她觉得不对劲，刚巧他的手机微信一直响个不停，她没忍住，就偷偷地解了密码锁。微信上有一个宠物头像的女孩，一直在问他回去没，一连发了七条。她往前翻，却没有发现更多的记录，她的直觉告诉她，他一定删过聊天记录。

等他洗完澡，她就拿着手机去质问他："那女人到底是谁？她为什么找你？"

他没有回答她，倒是愤怒地抢过手机："你疯了吧？看我的手机！"

于是他们大吵了一架，她拖着他解释清楚，他却急不可耐地推开她，训斥她不尊重他，他觉得她真不可理喻，她越是这个模样，他越觉得那个女孩好，懂事，识大体。

他和妻子就这样僵持着，三天一小吵，五天一大吵，原先的平静日子终于一去不返。她的第六感告诉她，这里面一定有猫腻，可是她又找不出证据。

那个夏天，他时常出差，最长的一次，整整半个月没有回家，他说有一个外地的工程项目，需要他亲自过去监工，她不信，去他的公司问过，却又发现他没有撒谎。她不知道的是，他的确是出差了，不过全程带着那个女孩子，他们住同一间酒店，睡同一张床，日日夜夜，朝夕相处。

出差回来以后，他对她就越发冷淡，甚至不愿意让她碰他，他总说很累，明天还有应酬，把她推得远远的。即便是傻瓜，也该嗅到感情变质的味道。

直到有一天，她在他汽车的副驾座底，发现了一个拆开的避孕套。莉莉说，那一刻，她脑袋里一片空白。在此之前，她假设过一百次这个场景，但都不及证据确凿的这刻来得刺激，那是一种天塌了的感觉。

她要去打小三吗？去他的单位闹？还是抓奸在床？扯头发？拍视频？可是闹了她又想干什么呢？离婚？还是原谅他？

她几乎是颤抖着跟他对质，她也不知道自己想干吗，但她希望他能给她一个答案。她以为他会道歉、会痛哭、会求她原谅，毕竟他一直是个好丈夫好爸爸的形象，她甚至希望他能编出一个借口来骗骗她，比如把车借给了同事之类的，可是没有。

他点了根烟，跟她讲："她是个好女孩，你想怎么样，你说吧！"

她愤怒得牙根都要咬碎了，什么叫她是个好女孩，什么又叫你想怎么样？做错事的明明是他们，怎么倒像是她无理取闹？

那是她生平第一次动粗，她顺手抓起手提包，往他身上砸，见他没有还手，她又脱下高跟鞋，用鞋跟敲他的头。男人起初是挡着忍着，后来一把抢过她的鞋子，冲她怒吼道："你看看你现在什么样子？"他摔门而去，留下她一个人坐在车里，狼狈地痛哭。

她也不知道自己怎么会变成这个样子。好多年前，她也年轻，漂亮，追她的人很多，可她就喜欢现在的丈夫，因为他实在，别人送花送钻戒，他只会专心下厨，做好两菜一汤用保温饭盒装着，送到她上班的地方去。

有一年她得了阑尾炎，半夜疼得要命，他急得脸都白了，扛着她往楼下跑，那会儿，家里还没有买车，也还没有各种打车软件，他一边给120打电话，一边破口大骂，那时候她就觉得自己嫁对了，他是可以托付终身的人。然而，然而呀……

离婚的事推进得很快。其实她不想离，因为他们有孩子了，孩子那年才三岁，话都说不顺畅。那些天，她哭，孩子也跟着哭，他太小了，还不知道自己即将没有爸爸，可是他会心疼妈妈，他说："妈妈，你不要哭，我会保护你的。"

丈夫坚持要离。他说："我已经对不起你了，不能再对不起她。"后来她才知道，原来彼时，那个女孩又怀孕了。

事情既然已经摊开，丈夫便光明正大地夜不归宿，他到底还是念及夫妻感情，愿意把全部财产留给她，包括孩子，他一概不要。他迫不及待地要跟她撇清关系，重新开始新的美好生活。变了心的人，比鬼都可怕。

有一天，她实在忍不住了，就叫上自家的兄弟，去他的公司闹。她终于见到了那个女孩，的确漂亮，一脸的清纯，见到她甚至还叫了一声"姐姐"。

"谁他妈是你姐姐？"她没忍住，扑上去就是一个耳光。随后办公室混乱成一团，保安上来按住她。她还在拼命挣扎，那女孩却在一旁抽泣，我见犹怜的模样，她真想上去撕烂她的脸。那是她平生第一次在大庭广众下骂脏话，她被愤怒冲昏了头。

可是这样一闹，把丈夫最后一点愧疚都骂跑了。他闻讯跑上办公室时，她还在狼狈地扑腾，丈夫一冲上来就是一巴掌，他竟然敢打她！他指着她的鼻子喊："你给我滚回去！"

随后，他再也没有回过家。

因为没有财产和抚养权的纠纷，协议细节很快就敲定了。其间，丈夫一直没有露面，始终只派律师和她沟通。她这才明白，往日的一切，早已烟消云散。她紧紧攥在手里的橡皮筋，一头是她的爱，一头是她的恨，哪头绷了，痛的都只有自己。

她太疲惫了，终于妥协下来给他发短信："你回来吧，我签字。"

最后那个夜晚，他们并排躺在床上，不知道是夜幕太深容易勾起回忆，还是她的抽泣到底触动了他。他转过去抱住她，抱得她骨头都疼，她觉得恶心，想推开他，却又舍不得，毕竟她还是爱他的。

那些天她快被那些翻来又覆去的爱和恨淹没了，前一秒咬牙切齿恨不得把他撕碎，后一秒又痛哭流涕甚至低声下气地去求他不要离婚。她把孩子抱给他看，叫孩子喊他爸爸，叫孩子求他不要丢下他们母子。可是这个爸爸，心如磐石。

他觉得她在纠缠他，索性连家都不回。她不明白，明明犯错的人是他，怎么挽留的人却一直是自己。因为那个女孩太可怜了吗？她一无所有，她无亲无故，她还是个处女，她为他流产……

可是自己呢？这些年的青春，是喂了狗吗？她生孩子那会儿，同样九死一生，坐月子没条件请月嫂，什么都要自己打理，刀口还疼得要命，就整夜整夜地抱着孩子哄睡。后来他外派工作，一整年的时间，她又当爹又当妈，白天上班，晚上带孩子，熬出了一身毛病。好不容易现在日子好过了，他却嫌弃她身材走样，嫌弃她疑神疑鬼，嫌弃她脾气暴躁。可是哪个经历生活磨难的人，还能温柔如水啊？再说，她对他的怀疑，有错吗？

她在床上哭得颤抖，哭得喘不过气来，他就从背后抱住她，眼泪流进她的脖颈里，那是一个变了心的男人，仅存的一点温存。流干这一点泪，他就要抛下他们母子，丢给他们漫长的浸满苦与泪的一生。

天亮了，他把最后一箱行李搬下楼，把钥匙交到她手里，亲了亲孩子，出门就摁下了电梯。孩子在家里哭得撕心裂肺，他好像也知道要发生什么事,伸长手拽着门把手,一个劲地喊爸爸。她关上门,用力地搂住孩子,抱住他小小的头,绝望地哀号。

莉莉说,直到那一刻,她才明白,什么叫孤儿寡母。

如果能死掉就好了,她脑海中时常闪现这样的念头,可是她不能去死,她还有一个孩子,她的孩子才三岁,她还有漫长的一生要熬,哪怕刀山火海,哪怕荆棘满路。

— "我是怎样一步步沦为怨妇的？" —

莉莉结婚很早，二十四岁，嫁给了高中同学。丈夫是那种特别不起眼的人，慢性子，脾气温和，除了热衷玩游戏，没什么不良嗜好。

莉莉说，她跟他结婚，很大一部分是看中了他的性格，因为自己的父亲有家暴倾向，经常动手打她母亲，所以她就想找一个脾气好的。

事实上，丈夫在这方面的确无可挑剔，恋爱两年，从来没有主动甩过脸子，实在气不过，只会独自出门冷静。更何况，他对她还算贴心，偶尔外出聚餐桌上有几样好吃的点心，还不忘给她打包一份。这不就是那个知冷知热的人吗？对待婚姻，莉莉没有更多的期待，只希望找个人搭伙过日子，让艰辛的生活略多几分温暖，就放心地嫁给了他。

没有房子。莉莉其实有一些积蓄，娘家也愿意补贴一点，可是丈夫似乎没有买房的打算，他说："要房子干吗？租房子住不是挺好的吗？"而事实上，他的确负担不起房贷，毕业以后，他托人找了份闲差,平时在单位里打打杂,一个月三千元的工资,刨除吃穿用度,已然所剩无几。

莉莉说:"要不,你换一份工作吧!"她跑业务认识了一些人,对方告诉她,只要她丈夫有意,可以帮忙安排进保险公司,业务加提成下来,收入比现在可观得多。她提起这事时,丈夫正在玩游戏,也不知道听进去没有,随口就哼哼了两声。等她再提,丈夫就面露难色地表态:"做保险太辛苦了,再说,我嘴笨。"这事就算搁下了。

婚后的生活,依旧步步艰辛。

莉莉在一家通信公司上班,收入约莫是丈夫的两倍,但工作异常辛苦,时常加班到深夜。有时候她也会撒娇,想叫丈夫来接自己下班,可是对方总是笑嘻嘻地在电话里耍嘴皮子,好听的话说了一箩筐,最终还是叫她自己坐公交车回。其实,很多次,她下班的时候,连公交车都没了。

两个人开始因为加班争吵。莉莉说:"我每天上班很累,下班就想好好休息,你能不能把游戏声音关了?"丈夫却说:"没有音效,游戏一点都不带劲!"他要带着音效玩,一直玩到深夜两点,其间连屁股都不会挪一挪,积攒的衣服,没有人洗,地板脏了,没有人打扫。

是真累啊。一天晚上,莉莉下班已经临近十二点了,回到家才发现卫生间堵了。她问:"什么时候堵的,怎么不找人修?"

丈夫说:"中午就堵了,你找个人来修呗!"

那一瞬间,她站在发酵了一整天的臭味和堆积的排泄物前,愤怒直冲头顶,冲撞得她牙根都发酸。她握紧拳头,眼泪却不自觉地往下砸,那是一种排山倒海的疲惫。

她为什么会嫁给这么一个人啊?他到底要什么时候才能长大?他不懂体谅她的辛苦,也不懂一个男人的责任,别人是买不起房,他是压根儿没想着要买,他只关心他的游戏装备,其余的都是鸡毛蒜皮,通通不值一提。而所有不值一提的东西,通通压到了她的肩上。她太累了,却没有人可以依靠。越是没有依靠,她便越不敢休息,点快餐都不敢加个荷包蛋,为了一元钱燃油费,和的士司机在马路边争吵,而她的丈夫,坐在电脑前等她回来通厕所。

如果不是意外拆开了一封信用卡账单,她不会发现,丈夫竟欠下了这么多钱。

结婚后,两人的收入始终各归各管,丈夫的工资不高,上交完房租水电和生活分摊开支后,勉强能有一些结余。但她没想到,他竟然刷爆了几张卡。那是他们结婚以后爆发的最激烈的一次争吵。她实在想不明白,他把钱都花到哪里了,她逼问他:"你的钱都花去哪儿了?"

丈夫还是那样一副慢条斯理的样子,他笑嘻嘻地凑过来:"别生气嘛,上个月不是我同学过来吗?总不能让他们自己掏钱吃住吧?"

她气昏了。那回他的大学同学来玩,一行八个人,他请他们下了两顿馆子,她是知道的,但她没想到,他连房费和旅游景点的钱也一律承担了，住的还是星级酒店。好面子，好面子，这个不会赚钱的男人，偏偏还会好面子。

可是他凭什么来好面子？那些信用卡账单，凭他的工资，要还到什么时候？最后还不是要她来偿，要她加班加点每天工作十六个小时来偿还。但在丈夫眼里，却算不得什么："你别生气嘛，慢慢还就是了。"

不知道为什么，她就是很想叫，很想大声地叫，无助、愤怒、绝望，无处宣泄，她就想大声叫喊。她不想听到他的声音，看到他那张若无其事的脸，就想大声叫喊。那像极了小时候，爸爸打妈妈的场景。他们先是激烈争吵，妈妈突然像疯了一样，捂住耳朵大声地叫，随后爸爸的拳头砸下来，一拳一拳让她把声音吞没到肚子里。

在漫长的青春期里，她曾经怀疑过，妈妈有神经病，因为她时常叫喊，好像除了叫喊，再没有别的办法似的。现在她明白了，有些事情，除了叫喊，真的没有别的办法。

她想过离婚，想过无数次离婚，但这世上没有人真的会因为几张刷爆的信用卡离婚，而且，她怀孕了。验孕棒上显示出两条杠，她和丈夫都很兴奋。婚姻生活中的一些逻辑就是这么奇葩，好像有个孩子，夫妻关系就能得到修补似的。

那两个月，丈夫也的确前所未有地让她省心。他主动包揽了所有家务，也开始上网看招聘公告，他承诺会努力赚钱，会给她和孩子一个好的未来。一切似乎都在好转，生活又重新充满希望，直到他们开始筹划买房。

莉莉算了一笔账,当地的房价并不贵,买一套两居室的房子,首付只要十几万,她娘家答应资助她一笔钱,加上她自己的存款,余下不过五万元,这五万元,她想让婆家掏。丈夫也答应了,拍胸脯说五万元包在他身上,她只管去找房子。

那两个月,她怀着身孕,一个个楼盘去看样板房,去对比。终于定下来一套房,面积不大,却带学区,而且是限时限量放购的特价房,性价比极高。就这样,钱筹齐以后,她签下了购房合同,刷自己的卡付了定金,合同上说明,七个工作日交清首付款,否则合同作废,定金不退。但还是出问题了,原先打在丈夫卡上的五万元钱,没了。她直感觉天旋地转,钱呢?钱呢?他把钱借给了一个哥们。他说:"他答应我周转两天立马还的,没想到……"

她快气疯了。谁都知道欠钱的是大爷,借钱的是孙子。这么一笔款,没个三五年,怎么可能还得上。可是交不出首付,别说房子买不了,连预先支付的两万定金都拿不回来。她气得全身发抖,全身的细胞好像要炸开来,身体里像有一个火球在滚来滚去,她只能由着那股怒火横冲直撞,她像疯了一样,开始砸家里的东西,烟灰缸、茶杯、凳子……她没有办法了,她只能通过这样的方式,为情绪找到一个出口。

随后,她发现,流血了。

莉莉说,如果孩子真流了倒好,真流了,就离婚了。可是保住了,那是一个五个月大的胎儿,她无论如何也狠不下心来拿掉他。

房子还是买了,婆婆怕她真离婚,急忙凑出了一笔钱把窟窿补上。直到孩子出生,她都躲在自己娘家,那段时间,她一直在反思自己的婚姻,她觉得一开始就错了,谈恋爱的时候,也不是不知道他的脾性,可她还是嫁了,这一嫁,似乎就没有了回头路。

事实证明,孩子的出生并不能修补任何家庭矛盾,反而会激发新的矛盾。她再也无法忍受丈夫的懒惰。从前两个人,他再怎么偷懒,顶多脏点乱点,不算什么。可是自从有了孩子,丈夫的懒惰每一次都能成功地激发她心底所有的恶。她在打扫房间,他在玩游戏;她在给孩子换尿布,他在玩游戏;她在冲奶粉,他还在玩游戏……她像个陀螺满屋子打转,他呢,玩游戏,玩游戏,玩游戏……

那时候,她就想,他怎么不去死,他去死啊,去死啊!

争吵,无穷无尽地争吵。每一次争吵,她能翻出心底最恶毒的话来骂他,那是她童年时的噩梦,现在她竟然也骂,披头散发、面红耳赤、怒不可遏地咒骂。但是,她的丈夫啊,拥有一副世上最好的脾气。她骂,他丝毫不为所动,反倒觉得她莫名其妙:"不就是给孩子喝了隔夜的奶吗?又不会拉肚子,你生那么大气干什么?"

她所有的力气,像打在棉花上,她奋力挥舞着拳头,把自己弄得筋疲力尽,而那拳头,砸不到任何人身上。一切,都是一场独角戏。

家务是她一个人的,孩子是她一个人的,债务是她一个人的,生活的一切艰辛,都是她一个人的,眼前的巨婴,也是她的,她的孽债……

她记得从前,爸爸打妈妈,总有人来嚼舌根:"你妈也是的,少说两句,不就不会挨打了吗?"
现在想想,真可笑啊。真可笑啊。

— "婚后,老公遇见了人生真爱" —

莉莉和小武是在朋友的生日宴上认识的,因为在场只有他们是单身,大家就起哄让他们一起唱首情歌,莉莉羞死了,躲在角落不出声。小武主动去解围,他抢过麦克风说:"你们别为难人家小姑娘了,我给你们唱个《好汉歌》吧!"

小武的嗓音条件很好,听得出有两把刷子,但他故意耍宝搞怪,歌声和动作都怎么夸张怎么来,逗得大家哄堂大笑。唱完了,他坐下来,跟莉莉说:"你别介意啊,大家也是一番好意,怕我孤独终生。"

妥帖的男人,在任何一个姑娘心里都加分,莉莉也不意外。就这样,他们真成了朋友。网络上一来二去的,又约了几顿饭,渐渐就有了点意思。成年人的爱情,往往没有刻意的仪式,更像一种默契,水到渠成地,两人就在一起了。

莉莉说,她是真爱小武,小武绅士,有分寸,待她也好,冬天棉袄夏天伞,男朋友该做到的,他一样都没有落下。恋爱谈了两年,中间也没怎么吵过架。双方父母见了也喜欢，定下日子就结婚了。

婚后，日子依旧波澜不惊而又不失温情浪漫，小武会带她去海边城市度假，去城郊野外踏青，去农家餐厅吃一顿风味菜。她以为她就是那个被上天眷顾的人，直到另一个女人的出现。

那个女人叫米雪，在电视台上班，人长得漂亮，还多才多艺。小武因为工作的原因认识了她，聊了没几句，就着了魔似的迷上了。

米雪写过一本散文集，粉红色的装帧，是些少女情怀的散句，夹了书签，签了名，热情地送给小武，告诉他回头多联系。没联系几次，小武就彻底沦陷了，米雪懂他，他们在一起，可以聊文学聊宇宙聊天上星星和地上山川，而莉莉什么都不懂，只会柴米油盐和电视里的宫廷戏。

跃跃欲试的心一旦有了怦动，就有千钧难挡一往无前之力。小武到底是个实诚人，他没瞒莉莉，回家劈头盖脸地就坦白了："莉莉，我爱上了一个人。"

莉莉说："我当时正在收拾衣服，我以为他是开玩笑的，根本没往心里去。"

可是小武太实诚了，他一定要让莉莉知道："我没法瞒你，也没法骗自己，我是遇到她，才知道自己前面二十几年都白活了……"

莉莉这才停下收拾衣服的手，吃惊地看着眼前的丈夫。他疯了吗？他知道自己在说什么吗？什么叫二十几年都白活了？她从来没想过自己的婚姻，会出现如此戏剧性的一幕，结婚一年多，两人一直相处得很融洽,本来还计划着明年要个孩子,怎么一下子来了个晴天霹雳?

小武不管不顾就要离婚。他说:"我不能背叛你,也不能背叛自己的心,我还年轻,我今年三十都没到,我想谈一场真正的轰轰烈烈的恋爱。"

莉莉说:"那我们之间的不是恋爱吗?你难道从来没有对我动过心吗?"

小武说:"我以前也以为我爱过你,但直到遇见她……那种爱是狂喜的,热烈的,不顾一切的……"莉莉尖叫着打断了他,他的每一个字都在侮辱她,侮辱她的爱情,侮辱她的婚姻,侮辱她对他的信任。

如果一个人可以轻而易举地心旌摇荡,她实在想不通,他为什么要结婚?可是眼前的男人就是着了魔,像疯了一样,不管不顾地,没头没脑地,就要跟她离婚。她能怎么办?他什么都不要了,房子、存款,通通都给她了,他只要去寻找他的所谓的真爱。她还能怎么办?

她是有自尊的女孩,做不到卑躬屈膝地哀求,反正又没有孩子,离就离吧。说没有怨恨、愤怒、绝望,那是假的。刚离婚那段时间,她总是每晚咬着牙关到天亮,恨得心里怒火直拱,她就希望他们能遭报应。真爱?真爱过了几年,还不是一样萝卜白菜?

她在漫漫长夜里瞪大眼睛,她瞪大眼睛等着,等着他的天雷勾地火,有一天会焚灭自身。

再自强的女性,从一场婚姻中死里逃生,也是要脱一层皮的。最难熬的时候,她甚至不敢出门见人,生怕别人笑话她,一个离过婚的女人,在小县城,分分钟是会变成谈资的。她只得拼命工作,将所有时间放在加班加点上,才能扛住前一秒的想念和后一秒的憎恶轮番来袭,才能把那些嘲讽的、排挤的、冷落的目光通通挡在身后。

是的,没有人会因为离婚而死,没有人。莉莉没有死,莉莉好好地活着,不过两年的时间,她又活过来了。她升了职加了薪,发现世间自有大天地,那个小武,已经是上辈子的人了。

那么,那个上辈子的人,现在干什么呢?

一年前,他来找过莉莉,借钱。莉莉说,她实在没想到,他怎么开得了这个口,他向她要回离婚时给她的存款,不多,两万元。可想而知,他实在是被逼急了才来向莉莉开口的。因为谈恋爱要花销,米雪是大手大脚惯了的,一个包一双鞋,没有一万也要几千。小武要讲真爱,就得舍得掏钱。

半年前,小武在微信上告诉莉莉。他说他们要订婚了,问莉莉最近过得怎么样,莉莉说,很好。小武在那头似有一些失落,半晌才回了一句:"是吗?现在想想,你这么好的人,是我不懂珍惜……"

后来,莉莉随手翻了下小武的朋友圈(原先已经屏蔽),才发现他和米雪的感情生活并不称心如意。米雪的追求者很多,而她似乎没有打算拒之门外,或许又给别人送书了,或许又跟别人聊诗词歌赋了,总之两人时常闹得不欢而散。

最近一次的联系,是在三个月前。小武在一个喝醉酒的深夜给莉莉打电话,小武告诉她,他和米雪的婚礼泡汤了。他早该知道,她这样的女孩,他是降不住的,他偏偏要犯这个傻,冒天下之大不韪跟她在一起,眼看就要结婚了,她居然跟别的男人在一起了……

莉莉握着手机静静地听,在心里放了鞭炮放了礼花放了"窜天猴",那些缤纷的灿烂的焰火,一个个地炸开,噼里啪啦的,她简直就快哼起歌来了。那头的小武显然很颓废,他又失望又懊恼,他在等着莉莉给他一点安慰,慰藉他一个中年男人痛失真爱的心酸。

可是莉莉呢,她哪管那头的肝肠寸断呀,她就想说一句:"这有什么大不了的呀,或许,米雪也遇见了她的人生真爱吧!"

- "除了做微商,我不知道怎么改变生活" -

阿霞是我在妈妈群认识的。当时大家正在讨论给孩子吃什么奶粉,阿霞突然丢出一句:"请问怎样向前夫追讨抚养费?"群里一下炸了。

阿霞告诉我们,怀孕五个月的她,主动跟老公提出离婚了,因为对方赌博,输得一穷二白还动手打她。

"我真的一点办法也没有了,怀孕辞了工作,生孩子都没钱了,可是他一分钱都不愿意给。"阿霞这么说。

几个月后,阿霞又在群里跟我们分享生孩子的过程,她说像被丢进洗衣机里搅拌,皮和肉都快分离,痛得在产床上激烈挣扎,几个医生都按不住,可那个男人,若无其事地在产房外玩手机,等孩子生了下来,他就笑嘻嘻地抱走了。我们听得都快气死了,但谁也帮不了她。

阿霞第三次在群里发言,是要转让两罐奶粉,她说孩子喝不完了,需要的妈妈可以找她买。

于是我就加了她的微信,并约定在城市广场见面。

她是背着孩子来的,三个月的婴儿,脸被刚入冬的风吹得红红的。阿霞把奶粉交给我,收了钱,却并没有急着走,她好像很久都没有跟人说过话,生怕我要走似的,急切地打开了话匣子。以下是我们的对话:

"你是个作家?"

"算不上,写过一些小文章而已。"

"真羡慕你,一定能赚很多钱吧?"

"刚好够零花吧!"

"我也想赚点钱,今年年初开始做微商,刚开始还不错,一个月有个几百的收入,现在根本卖不动了,还压了一些货。"

"卖面膜吗?"

"对,你要不要试试?"

"不用了,谢谢,我很懒,不怎么敷的。"

"你是怕我的是三无产品吧,现在网上都在骂微商,说我们卖假货。"

"听说很多人朋友圈都屏蔽微商了。"

"对啊,搞得我不怎么敢发广告了。不过说真的,除了做微商我不知道怎么改变生活。"

"他还是没有给抚养费吗?"

"没有。"

说到前夫,阿霞的话锋一下子就淡了。她把头撇过一边,不愿意再多说，于是我们就草草道别了。回家路上，阿霞的那句"除了做微商我不知道怎么改变生活"一直在我脑海回荡。

普通人的努力，看起来多微不足道，他们向一成不变的生活投下了一颗颗探路的石子，等待命运更好或更坏的回馈，却时常无功而返，徒留希望破碎后的幻影摇曳。

没有人关心一个普通人怎么笑、怎么哭，但对于每一个生命个体而言，快乐是他们全部的快乐，悲伤是他们全部的悲伤，这不留笔墨的人生啊，就是他们仅有的一生。

我们都是普通人。

— "结婚五年,我依旧没能怀孕" —

莉莉跟小武是自由恋爱而结合的。小武说,莉莉最打动他的,是她的倔强。恋爱那会儿,有一回,莉莉买东西被人讹上没给钱,对方凶神恶煞地抓住她,一口咬定她赖账。小武在旁边劝说:"算了,算了,不就几十块钱的事吗?"

莉莉却死活不答应,气势汹汹地跟对方理论,强硬要求查看监控视频,否则报警处理。如此折腾来折腾去,足足花了一个晚上,卖家才终于承认,是他冤枉莉莉了。

走出那家便利店,刚刚还气势十足的莉莉,一下子泪如泉涌,哭得不可自持。小武说,他就在那一刻,下决心要照顾她一辈子,帮她抵挡所有的风风雨雨。谁又能料到,后来,她所有的风风雨雨,都是他给的。

莉莉婚后的头两年,日子过得很幸福。夫妻恩爱、家庭和睦,似乎一切都顺风顺水。直到他们决定要一个孩子。谁也说不出问题在哪,没有,就是没有。

起初,大家还安慰她:"你这么年轻,孩子总会有的嘛,别着急。"后来,公公和婆婆耐不住了,不满全摆在了脸上,婆婆隔三岔五地跑过来,在家一坐就是大半天,拉长一张脸说:"怎么别人都能怀,你就怀不上呢?"

莉莉尴尬地坐着,接受她的盘问,比如一个月同房几次,每次同房时长,甚至连什么体位,婆婆也要过问个一清二楚。终于,在婆婆居高临下地塞给她一包"偏方",并且要求她当面喝下后,莉莉跟小武爆发了一次激烈的争吵。

莉莉说:"我也是人,我也有尊严,你们以为我不想生吗?"

小武不再像平常那样,心平气和地安慰她。他坐在沙发上抽烟,过了良久,才甩出一句:"我们去医院看看吧!"

莉莉的心凉了一半。她知道,这个男人再也不会向着她了。没有一个男人,会对一个没有生育能力的妻子有耐心,小武,也不脱俗套。

检查的结果,是双方身体没有异常。莉莉说,这无异于宣判了她的无期徒刑。因为在任何一个中国家庭,除非医学上证明是男方的问题,否则,生不出孩子,就一定要责怪女方。

她几乎已经能想象那些恶毒的嘲讽,他们会骂她是下不出蛋的鸡。那个总是拉长脸的婆婆,会变本加厉地对她冷嘲热讽,再往坏一点想,这段婚姻……

她下意识地扭过头去看小武，希望能从那张脸上寻求一点安慰，但是那张脸冷漠得一点神情也没有。小武一言不发地按下电梯，再一言不发地去车库开车，那一路上，他没有跟莉莉讲过一个字。

莉莉说，后来她才知道，原来小武一直在怀疑，她可能在婚前偷偷做过人流，才久久怀不上孩子。总之，不管怎么说，就是她的问题，全世界都认为是她的问题。就连她自己的妈妈，也认为是她的问题。妈妈跟她讲："你现在怀不上孩子，脾气就要收敛一点，平时就低眉顺眼点……"

备孕之路，无比艰辛。那两年，莉莉每天起床的第一件事，就是量体温测算排卵期。婆婆找了一大堆中药偏方，也不管可靠不可靠，通通往她肚子里灌。她是没有尊严的，她像一台坏掉的机器，任由人来捣鼓，这个过来摸一摸，那个过来瞧一瞧。那些质疑的、嘲讽的、轻蔑的眼神，就足以令她崩溃。肚子，却还是一点动静也没有。

其间，她跟小武至少爆发了一百次激烈的争吵。她能明显感觉到，男人对她的态度全变了。他在家动不动就发脾气，最离谱的一次，莉莉在客厅看电视，音量稍微大了点，小武竟然怒不可遏地冲出来，一脚踹在电视机上！

他们的婚姻，已然势不可挽。她明白，再熬个两三年，她的肚子再没有起色，唯一的可能就是离婚。但生活的狗血，往往出乎人的意料，你永远无法相信，一个人坏起来，能变得那么坏。

小武在外面找了情人，她亲眼看见的。

她亲眼看见，小武搂着一个女人的肩膀，进了一个破旧的小区。她站在马路对面，手里拎着晚餐要吃的鱼和蔬菜，荒唐地、可笑地，像一个小丑一样，站在马路对面。眼睁睁地看着她的丈夫，搂着另一个女人。

莉莉是冷静的，因为除了冷静别无他法。她走进小区对面的冷饮店，点了一杯奶茶，坐在那里等，等她的丈夫跟别人苟且完。

那两个小时里，她想了一切的可能，甚至盘算好了财产要怎么划分，那时候她竟又有点庆幸，还好没有孩子，还好没有孩子……

她终于等到他走出来，带着令她作呕的惬意，夹着他的公文包，意气风发地走出来。那个女人送他到小区门口，两个人站在门口，依依不舍地道别。她拍下了这一切。

那天晚上，莉莉打电话叫来了双方父母。六个人坐在客厅里，气氛凝重而诡异。她把拍到的照片，推到茶几中间。双方父母大惊失色。那大惊失色是不同的。莉莉的父母，是愤怒；小武的父母，是慌张。

那一刻，莉莉明白了，公公婆婆早就知道了，他们合起伙来，瞒她瞒得死死的。如此狗血的剧情，竟然发生在了她身上！

"你们还要不要脸啊？"她几乎是咆哮起来。小武不说话，倒是婆婆，摆出一副中老年妇女特有的撒泼姿态来："你也不能怪我们，你说说哪个女人几年怀不上孩子啊，难道你一辈子怀不上，我们家就跟着你绝后了?"

"我去你大爷的。"那一刻,莉莉的脑子里只剩下愤怒,她恨不得撕了对面那不要脸的一家人,她来不及多想,拿起桌子上的烟灰缸,就朝老太婆头上砸去。

场面失控了。小武站起来,一把把她推在地上,双方父母扭打成一团。

婚,终究是离了。莉莉一个人咬着牙,办完了所有的离婚手续。其间,婆婆又来闹过几次,骂她是下不出蛋的鸡,骂她耽误了他们家传宗接代,骂她是个赔钱货。

后来,外面那个女人也公然登堂入室,来家里示威,她不怕,因为小武给她撑腰。曾经跟自己山盟海誓的男人,现在跟别的女人一起,恨不得把她推进十八层地狱,也多亏了他们明目张胆,她才能争取到财产,房子归了她,小武呢,只分到了一辆婚前买的二手车。

法院判决下来的那天,莉莉走出法庭,终于松了一口气。谁也不知道,几年里,她是怎么熬过去的。每一天,她都在等待肚子里的动静。有人跟她说不能喝冷饮,她就戒掉了冷饮。有人跟她说不能吃辣食,她就戒掉了辣食。还有人跟她说穿高跟鞋也影响怀孕,她就再也没有穿过高跟鞋。

每一次来月经,对她来讲,都是巨大的刺激。一个月的努力又失败了,又失败了,她的神经永远处于高压状态,她无时无刻不在等那个孩子,而现在,她再也不用等了,代价就是,她整整五年的婚姻，宣告失败。

离婚后，莉莉通过朋友介绍，没多久又再婚了。男人告诉她，不管有没有孩子，能不能怀孕，他都会坚定地跟她在一起。他们做好了终生不孕的准备，但奇怪的是，婚后不过半年，她竟然怀孕了。

小生命来得真是惊喜，离婚的时候她都没怎么哭，但是验孕棒上显示两条杠时，她却不可抑制地号啕大哭。这个小家伙洗刷了她所有的冤屈，不是她的问题，她是可以怀孕的。那些年里她背负的侮辱和谩骂，终于彻彻底底地过去了。

不是她的问题，那么，就是小武的问题？

有了莉莉的教训，小武是断然不敢再轻易结婚的。他们全家都希望，那个女人能先怀上再领证。但那个女人，显然运气也不怎么样。直到如今，他们还在一次一次地往医院跑。

莉莉想起她办理离婚的那段时间，那个女人趾高气扬的样子，心里真是又解气又同情。或许，她现在也一样，每天早晨都在测体温，又或许，她正在喝一碗又一碗难喝的中药……

她猜，在这件事上，小武和他的家人，哪怕心知肚明，也绝不会承认那就是小武的问题。

因为，他没种。对的，他就是没种。

诚然，故事的结局虽然大快人心，可并不是每一个故事，都能有这样的结局。

在网上看过一个小故事。一对夫妻想去领养一个孩子，领养处的工作人员直接问那个男人,是不是他不能生育。他们好奇,工作人员怎么会知道的。

工作人员答道:"因为如果女人不能生育,男人都会直接选择离婚的。"

能够堂而皇之地让妻子做保姆，抱歉，绝大多数的女人会直接选择去做保姆的，现在家政市场行情高着呢，还不用给雇主生孩子。

他让我想起了之前单位的一个拆二代。那个男人有趣到什么地步呢？他问别人借来了一辆宝马车，把车钥匙别在腰间皮带上，走起路来叮啷作响，一坐下来就顺手把钥匙解下来，一掌拍在桌子上，砸出整个房子都能听到的动静来。

不缺钱，但也远远没到有钱的地步。正是这种半吊子水桶，对金钱产生了极深的误会，以为那仨瓜俩枣就可以践踏他人的尊严。他交往了一个女朋友，还没三个月就叫人家辞掉工作："你在家给我洗衣服做饭就行了，我每个月给你三千块，还不够你花？"

哈哈哈，该别是想笑死我，好继承我的蚂蚁花呗吧！

"我月薪一万，娶个保姆怎么了？"你既不懂什么是有钱，又不懂什么是保姆。

我认识几个收入很高的男人，他们非但不认为自己赚了钱就是大爷，反而对老婆疼爱有加。因为他们知道，自己可以安心地去闯事业，全靠家里的女人摆平了所有的家务和琐事。

"我六点钟就下班了，周末还有双休，但我的老婆全年都没有假期，要等一家人都睡了才休息。"一个企业的中层领导跟我们说起他的妻子，脸上全是敬意和愧疚。

没有一个家庭主妇是靠老公养活的。她们的生活是自己挣出来的，是用全年无休的奉献换来的。她们不欠任何人的。而那些把妻子当保姆的人，既侮辱了妻子，又侮辱了保姆，也不去家政市场打听打听，就你那一万元还养着两个孩子一个家的薪水，请得起保姆？

别开玩笑了，我生孩子那会儿，特地去打听过，一个做饭的钟点阿姨，一个月三千元，只负责两餐，其余甩手不管。如果要带孩子，至少八千元，而且是只负责照管孩子，洗衣做饭得另请人。

月薪一万元，欺负谁呢？

事实上，一个家庭有各自的分工，是再正常不过了，特别是对于有孩子的家庭而言，女性辞掉工作做全职主妇，没什么好奇怪的。然而，总有很多人产生一种误解，以为自己"养"着家里那位全职主妇。就像开头提到的那位哥们，在他眼里，妻子能嫁给他，已经是拜了高香的幸事。

事实上呢？妻子在，他的一万元才能给他优越感；妻子不在，他只是一个为养家糊口疲于奔命的中年男人而已。生活一下子变得捉襟见肘，他要请人照顾孩子，一分钱也攒不下来，生活质量反倒下降了一大截，跑了一天车回去，没有一顿热饭吃，还有一堆家庭琐事要处理。

所以他才要叹那声气，说："怎么这么好的条件，留不住一个女人呢？"

一个女人要的，从来不是你挣回来的三餐，她从嫁给你的那天起，想要的全部，就是作为一个妻子的尊严。你把她当妻子，她才把你当丈夫。否则，谁真的稀罕你那点破钱啊？

"他出轨、打女人，但结婚后会改"

朋友跟我抱怨她的丈夫。结婚以后，他夜夜出去喝酒，直到三更半夜才回。现在她怀孕了，非但得不到应有的陪护，还要照顾醉酒回来的丈夫，挺着大肚子为他清理弄脏的床单。狐朋狗友很多，难免出入风月场合。最近，她还在丈夫手机里发现了疑似夜总会小姐的联系方式，他们聊得很露骨，还约好下次再去玩。

作为朋友，我无比同情她的遭遇，但还是忍不住埋怨一句："他不一直都是这样的吗？"

早在她结婚之前，我们就曾再三劝她慎重。那个男人就是出了名的花花肠子，交往过的女朋友不计其数，几段恋情以他劈腿告终。至于夜夜笙歌喝花酒，早就是他的生活习惯了。

可是朋友却执着地相信，他婚后一定会改的，自己一定能调教一个好丈夫。再说，他们还会有孩子，就算不为她，为了孩子，他也总会回归家庭的。

如今看来，她显然赌输了。

"他以后会改的……"事实上，我见过太多姑娘，怀有天真的执念。

念大学的时候，同年级有个特别乖的女同学，喜欢一个劣迹斑斑的男同学。所有人都不看好他们的恋情,可是女生却非常自信,能够凭借自己的诚心,求得浪子回头。结果呢,浪子非但没回头,反而把她拖下了深渊,两个人在一起天天逃课,几乎挂了所有科目。

如果是十八岁那年,我可能会觉得好酷,勇敢地追求心中所爱,不管千万人阻挡。可是如今我二十八岁了,再也无法为冒险主义点赞。因为触目惊心的挂科,原本品学兼优的女孩,险些毕不了业,别人都找到了工作,她还在学校苦修学分。更令人遗憾的是,后来,男友还是提了分手。

女生身心俱疲,一个人回到了老家,得了轻微的抑郁症,几年都无法走出困境。你可以说爱情难免走弯路,但我总觉得,如此代价,未免太大。

浪子会回头吗?会。但是,你要知道,所谓浪子回头金不换,是因为一百个浪子里,只有一个会回头,物以稀为贵。更多的浪子,十八岁浪,二十八岁浪浪浪,三十八岁浪浪浪浪浪浪。

女人们总有一种可怕的错觉,认为自己一定是与众不同的一个。

"他出轨,是因为没有遇到深爱的女人,比如我。"可拉倒吧,他出轨,是因为他是渣男,跟遇到谁没关系。

"他夜夜笙歌,是因为没有一个温暖的家,而我,能给他一个温暖的家。"别做梦了,他夜夜笙歌,是因为他真的很喜欢夜夜笙歌,压根儿不稀罕回家。

他在你之前,已经交往了不计其数的女朋友,比你漂亮的多得是,比你聪明的多得是,比你善解人意的多得是,她们都没能善终,你又哪来的自信？

恋爱不能治愈渣男，结婚也不能。

从来不存在什么圣母，能感化一切世人。正如从来不存在什么结婚证拥有脱胎换骨的疗效。骨子里不忠的人，不会因为一张结婚证，瞬间拥有了坐怀不乱的定力。骨子里懒惰的人，也不会因为一张结婚证，瞬间变成了拼命三郎。

我们当然可以怀有更好的期待，因为我们对婚姻还有乐观的想象。但同样要明白，我们做出每一个重大决定前，需要再三考虑的不是它最乐观的情况，而是它最悲观的情况，我们能否接受？

你是否能接受，即便结了婚，他还是夜夜宿醉、夜不归宿？

又是否能忍受，即便结了婚，他还是四处聊骚、处处留情？

如果不能，那你真的是一个很差劲的博弈者。因为你把仅有的一生作为筹码，放到了一个最大的风险局上。而你，沉迷于中五百万的幻想中，却未曾假设过想过，你会输掉一切。

世上，又有几个人中过五百万？

你喜欢苹果，就去找苹果；你喜欢香蕉，就去找香蕉。至于找一个苹果，又想把他变成香蕉？朋友，野心这么大，该别是想拿诺贝尔生物学奖吧！

"老婆是别人的好"

早两天参加婚宴,跟新郎的朋友凑了一桌。桌上有一个哥们,整晚在夸奖别人的妻子:"你老婆可真好,长得漂亮还会赚钱,哥们你真好福气!"我心想嘴真甜,可接下来却不是味了,他当众数落起自己的老婆来。

"不是我贬低你,你真是比不上人家,做点小生意也不会,一个月拿点死工资,有什么用?"场面一度非常尴尬,老婆就坐在他右手边,答也不是,不答也不是。旁人赶紧圆场:"你就会谦虚,人家当年还是班花,追的人多着呢!"

"当年是当年,你看她现在这样子……"他比画了一个水桶的动作,意思是老婆发胖得厉害。那场面惨烈极了,一桌子人不知道怎么接话,他倒好,还要继续逼问妻子:"我说错了吗,你说我说错了吗?"

对对对,你说得都对,你老婆就不应该嫁给你。

年初,我也遇到过一个类似的人。那时我刚生完孩子,跟老梁一起去剪头发,排队等候期间,遇到一个新晋爸爸,就闲聊了起来。他问老梁:"我看你老婆笑眯眯的,你们在家吵架吗?"

你喜欢，
不如我喜欢

//

▶▷

我们结婚了,
不是彼此捆上了绳索,
而是一起去看更大的世界,
一起成就更好的自己。

老梁说:"没有啊,我老婆从来不发脾气。"

他一脸羡慕地道:"我老婆现在在家,动不动就发脾气,跟不定时炸弹似的。"

老梁告诉他:"女人生完孩子,很容易产后抑郁,耐心点陪伴她就好了。"

他却说:"我就是不想待在家里呀!孩子太吵了,整天哭个没停。实不相瞒,孩子一生下来,我们就分房睡了……"

我就在那瞬间明白了,他的妻子为什么而暴躁。那是一个孤立无援的妻子,在最无助的时刻,她要独自面对哭闹的孩子和繁重的哺乳,身边却没有任何人可以依靠。她的丈夫逃跑了,连家都不愿意回,可是她呢,她往哪里逃?

我如今还时常开玩笑,如果不是嫁给老梁,兴许我的梦想一个都没法实现。还记得当初决心辞职的时候,反对的声音铺天盖地。我拿着辞职信去找领导呈批,一位男同事当面指出:"你一个女孩子,不吃一碗安稳饭,瞎胡闹什么?"

在他看来,女孩子拿着几千元的月薪,下班回家带孩子,才是天经地义的活法,像我这样的,纯属找抽。可当我把辞职的想法告诉老梁时,他是这么跟我说的:"你决定好了就去做吧,我支持你。"

我注册公司,他帮我跑手续。我出差,他帮我订机票和酒店。我要写文章,他晚上就哪儿也不去,在家带孩子……而如果我的丈夫既不同意我辞职,又不愿意照看孩子,我又能怎么办呢?就好比,我们在理发店遇到的男人,他的妻子,会不会也有自己的梦想?可是她又能怎么办呢？她甚至找不到一个人，帮她搭把手，照看一下孩子。

玩笑话说的是"文章是自己的好，老婆是别人的好"。许多人终其一生在渴求灵魂伴侣，却始终不曾倾听枕边人的灵魂。别人的妻子漂亮，别人的妻子温柔，别人的妻子有才华，别人的妻子会赚钱。可是自己的妻子呢，你早就忘了，她也曾温柔缱绻，只是后来，她又为什么变了呢？

她说话，你嫌唠叨。她的兴趣，你嫌无聊。她的梦想，你不屑一顾。她少女时的模样，早被磨灭在无尽的柴米油盐中。

有人形容当代亲子关系——想要他飞翔，却又剪掉他的翅膀。许多婚姻何尝不是，你把她困在厨房，却又不想让她沾染油烟；你给她一个哭闹的孩子，却又埋怨她不赚钱养家。朋友，不存在的。没有一个人，能在婚姻里坐享其成，任何一段情感，都离不开双方的共同经营。你想要一个好妻子，第一步，是成为一个好丈夫。

男人的三十岁，比女人更贬值

一男性朋友跟我吐槽，遇到的相亲对象太现实了，坐下没两分钟就问收入，如果没车没房，饭也不吃了。

我打趣他："男人挑剔女人的相貌，女人挑剔男人的钱包，彼此彼此了。"

他长叹一口气道："都说男人三十一枝花，我可能是朵塑料花，便宜，被人瞧不起，扔在墙角里，要起尘了。"这番打趣笑得我直不起腰，人活在世上，真心都不容易。女人怕老，男人怕穷，谁也别看不起谁，大家身后都贴着标签和价码，等待人去品头评足。

男人越老越吃香吗？可拉倒吧，这里指的是开着豪车、住着豪宅，再不济也有一份体面工作的那群人。囊中羞涩的中年男人，放到了相亲市场，就会感受到这个世界满满的恶意。

"男，三十岁，临时工，月收入2200元，无五险一金……"如果你看到这样的介绍，第一反应是什么？

我曾亲眼见过一群老阿姨，聊起小区的一个中年男人时这么说道："怎么搞的呀，一个大老爷们，三十岁了，连份正经工作也没有……"不容易啊，在三十岁，男人的性格、爱好、品行、学历，一切不再重要，那么一个活生生的人，就浓缩成了简单几个标签：有车子吗，有房子吗，收入多少？

总有人喜欢物化女人，把大龄女人贬得一文不值，还说"女人三十豆腐渣，男人三十一枝花"，简直不知哪里来的优越感，隔着屏幕都能闻到猥琐气息。但如果人真的有贬值一说，抱歉，我觉得男人贬值得才厉害呢。

随便举个例子吧。香港著名演员蔡少芬的丈夫，曾是一个默默无闻的武术指导，他叫张晋。张晋很帅，习武，有八块腹肌，雄性荷尔蒙爆棚，跟蔡少芬站在一起，十分养眼登对。

但蔡少芬嫁给他的那一年，所有人跌破了眼镜，疯了吧，如日中天的大明星，怎会嫁给默默无闻的武术指导？因为那一年的张晋，没有一份"好看"的事业。

一个男人，没有一份"好看"的事业，就是最大的弊病。这种偏见有毛病吗？没毛病，因为大家都是这么认为的。可是你把时间调到好多年前，回到你的学生时代看一看。你们班上那个家境优越的漂亮女生，爱上了家境一般但却阳光帅气会打篮球的校队队长，你会觉得男生配不上女生吗？不，我打赌你不会。

那个时候的你，甚至压根儿不会留意到，他们背后的经济实力悬殊。因为那一年的男生，阳光是资本，帅气是资本，会打篮球也是资本。而到了后来，男人身上的这些优点，都不再是优点，但凡没钱，就没有一切。

三十岁的你，活成了一张银行卡。人们评判你，会先看一眼卡上的余额，余额充足的，才会有人讨论附加的特征：咦，长得还挺帅，还会唱歌，真棒！而那些银行卡余额不足的，抱歉，长得帅能吃吗？都三十老几了，还天天捣鼓什么音乐，那玩意有啥用？就像后来的张晋，凭借着电影《一代宗师》，拿到了香港电影金像奖最佳男配角，人们这才发现，原来他那么帅，又深情，又温柔。可他一直都是这么帅啊，以前怎么没发现呢？

你看，多现实啊！你的所有，被贬成一无所有。你的理想、你的抱负、你的道德品行和风趣幽默，都是空气中微不足道的小尘埃，太阳出来了，才能晃见你，太阳不出来，你是不存在的。钱，就是照亮你人生的太阳。

那个没钱的你，一旦走进择偶市场，会比那个被你嘲笑的大龄女青年更尴尬。年轻漂亮的，身后排着一条龙的追求者，你连队伍都挤不进。而你眼中"贬值"的大龄女性，在多年的恋爱经历和人生磨炼中，练就了极其挑剔的眼光和识人标准，你连她们的法眼都入不了。

网上有个段子扎心了。"你们女孩子不是喜欢大叔吗？怎么就没人喜欢我。""长得帅又有钱的，才叫大叔，你这样的，叫师傅。"太扎心了，我是指被贴标签的感觉。因为我们是活生生的人，有丰满的情绪和多维的价值，谁都不愿意因为年龄、相貌或收入，就被简单粗暴地定义了。而现实是，我们每一个人都活在他人的偏见里，你觉得浅薄，你觉得不公，但你又在无意间，拿起了一张难看的标签贴到了他人的身上。

"女人过了三十岁就不值钱了,赶紧找个人嫁了吧!"说真的,你也别太为大龄女性操心了,毕竟在别人眼里,你同样是一条可怜虫。

CHAPTER 4

"姥姥死了,房子就是你的了"

/ /

哪怕我们念很多书,哪怕我们赚很多钱,只要子宫还长在我们身上,就难免要面对生育那道斑斑的伤痕,面对身材的走样,面对哺乳的束缚,面对用人单位的歧视,面对被家庭和孩子剥夺自由和自主的痛苦……而更令人恐惧的是:生下来,只是一个开端,而已。

"房子是留给弟弟的"

周末回了趟老家,听亲戚讲了一个真实故事。

一家生了两姐弟,姐姐从小承包了所有家务,父母还要动辄打骂。弟弟呢,就是家里的小皇帝,要什么有什么。姐姐成绩好,一直都是班上的前茅,高中毕业后又考上了重点大学。弟弟却不争气,打架、泡妞、赌博,小小年纪就惹了一堆麻烦。

姐姐毕业后,跑业务风吹日晒攒下点钱,在老家贷款买了套小户型房。这时弟弟搞大了女朋友的肚子,想结婚又没有婚房,就动了姐姐的主意。二老把姐姐堵在房子里,又哭又闹,一把鼻涕一把泪,求女儿让出房子。姐姐当然不肯,这房子是她唯一一点依靠了。

二老见软磨硬泡不行,就开始咒骂:"你个没良心的,供你读大学花了那么多钱,都不肯帮一帮弟弟。"说到最后,母亲就用头去撞门,要死给女儿看。女儿毕竟心软,就把房子让给了弟弟,但说明只是给弟弟借住,产权依旧在自己名下。弟弟就这样结了婚,搬进了姐姐的房子。

几年后,姐姐还完贷款,正巧弟弟在外面赌博,欠了一堆债,要债的堵到了门口,二老把积蓄掏空也无力偿还,怎么办?他们又想起了姐姐,在出租屋楼下堵了她整整一个星期,要她把积蓄全拿出来接济弟弟。

姐姐说没钱，二老就去姐姐公司闹，坐在公司大门口哭："生了女儿没良心，要眼睁睁看着我们死。"姐姐没办法，带着父母走了每一家银行，把流水全打出来给二老看，二老才相信她是真的没钱。可没钱，不还有套房吗？他们让姐姐去办过户，把房子过给弟弟。姐姐不肯，父母又一次以死相逼，母亲真的就拿起百草枯，当场就要喝下去。女儿又心软了，给弟弟办了过户。

弟弟有了房子，可要债的还在门口啊，怎么办？你以为他们会把弟弟的房子卖了吗？不，两个老人卖了自己住的老房子，帮弟弟还了债。然后，二老收拾了包裹，又来投奔女儿，没房子住了，你管不管，不管我们就去法院告你……

所谓敲骨吸髓，不过如此。可被至亲至爱的人敲骨吸髓，又作何感想？

一个成长在类似家庭的同学告诉我，她恨死她爸妈了，恨死她的弟弟了。她是家里的长姐，底下是三个妹妹和一个弟弟。弟弟自然是最小的那个。因为离我家近，我时常找她一起上学，也曾亲眼见过她的家人是怎样对待她的。

那时候，他们家只有一个洗手间，一到早上就排起了长龙。有一回，她先进卫生间洗漱，弟弟就在外面粗暴地踢门，一边踢一边骂："×××（直呼其名）你给我出来！出来！"

她急急忙忙从厕所出来，年仅七岁的弟弟，竟敢一脚踢在她的小腿胫骨上："你搞什么鬼啊！"同学疼得眼泪在眼眶里打转，扭头去找妈妈评理，妈妈是这么说的："你明知道弟弟要上学，就不能让他先上厕所吗？"这样的事当然不是第一次发生，弟弟从来就是家里的小皇帝，而她呢，做什么都是错的。最严重的时候，因为和弟弟抢一张凳子，妈妈把她的耳朵拧出了血。

她恨这个家吗？恨。可是她更恨她自己，因为即便这样，她还是深爱着这个家。早两年，她的母亲查出得了癌症，她给我打电话，号啕大哭。她说，她等了二十几年报应，报应终于来了，可是报应来了，她就没有妈妈了。

一个人，被自己的妈妈，伤害了二十几年。何其痛苦？

罗尔事件中，女儿病在旦夕，身为父亲的他，却依旧不肯卖房子，因为要留给儿子。《欢乐颂》里，樊胜美的父亲躺在重症监护室里，命悬一线，母亲却又哭又闹又下跪，叫女儿去借钱，无论如何，就是不肯卖掉房子，因为房子是儿子的。尽管那套房子是女儿出资的。

类似的故事并不鲜见，每一天都在发生，你只要随便往老一辈那里一打听，他们能像念经一样给你念出一大串来。

一个朋友生了两个孩子，头胎是女儿，二胎是儿子，她对儿子不怎么上心，对女儿却是百般呵护，成天不是买裙子就是晒照片。我们时常打趣道，儿子该不是亲生的吧？朋友沉默了许久，才压低了嗓子跟我们说："儿子有全家人宝贝着，可女儿只有我。"

原来，她的丈夫和婆家人都不喜欢大女儿，平时总是冷眼相待，孩子在家哭两声，一家人就要用歹毒的话来训斥她，自从有了弟弟就更是如此，什么都净想着那个男孩儿。有一回，朋友出差一个星期，回来发现女儿的头发快长虱子了，一问之下才知道，盛夏的天，竟没有人帮她洗澡……

我似乎能理解朋友的那种愧疚。那是一个母亲最无力的自责，她什么也改变不了，就只能把最好的给她，因为在这个世上，女儿就只有她了。

写下此篇文章是困难的，它令我不适。因为我也是一个女儿，我也时常会想，如果我出生在那样的环境，会有怎样的命运。

成年以后，我无数次感谢我的父母，谢谢他们，视我如珍如宝，没有让我受过半分委屈，负过半点气。可我也知道，在这片土地上，还有许许多多的女孩，并不如我幸运，她们从小就受尽了冷遇和欺凌，而这些刻进命运深处的伤痕，竟来源于自己的至亲之人，要怎么去修补？

我不知道改变这种境况还要多少年，走过简简单单的平等二字，到底还要经历多少苦与泪。我只想说一句："如果你生了女儿，拜托一定要多爱她一点，好吗？"

她的人生还有漫长的风风雨雨，她也会被人欺、被人骗，也会经历断舍离、求不得，漫漫人生，荆棘满路。可是，哪怕全世界都欺负她，作为父母的你们，能不能多爱她一点？

拜金女同学鲜为人知的过去

我有个女同学,大家对她的唯一印象,就是拜金。但我印象中的她,却有着另外一面。

那时候,她的个子非常瘦小,总是绷直身子坐在座位上,远远看去,只剩两肩耸起的骨架子。她的家境很不好,父亲前些年去世了,母亲体弱多病,家里有一个哥哥,出去打工没两年,被机器搅断了手指。沉重的命运,全压在那副瘦弱的肩膀上。

那时候还兴用钢笔,灌墨水那种。两块钱一支的英雄墨水钢笔,写出来的字迹很流畅,好看。唯一的坏处,是钢笔老塞住,用之前得先甩一甩。她也有那么个习惯,扭开笔盖往后甩。直到有一回,墨水全甩到了背后女生新买的书包上。

那是一个粉红色的书包,鼓鼓的,布料很挺,那一年的女生都特别喜欢背那种包。粉红色沾了黑色的墨印子,别提多难看了。那女生尖叫起来:"××你搞什么鬼啊!"她慌了,还来不及扭好钢笔,就无措地扭过头去。那双眼睛,我可能终生都无法忘怀,那是一种大祸将至的惊恐。

"我新买的书包,你赔得起吗?"被弄脏了书包的女生气疯了,拉下脸就骂,因为的确占理,她骂起来中气十足。闯了祸的女同学就那样面对她坐着,眼神里也不是委屈,你知道像什么吗?待宰的羔羊。就是那种眼神,无助地看着她,等待接下来更凶猛的责骂。

"你是不长眼还是怎么的?你别不吭声,你今天怎么着都要赔!"被弄脏书包的女生一边嚷,一边走到她跟前去,弯下腰就往她桌兜里掏,掏出她的书包,一把摔在地上。里面的文具掉了一地,铁皮的文具盒咧开嘴,好像再也合不上了。她还是定定地坐在座位上,眼泪在眼眶里打转,却始终一言不发。这个场景我在脑海中想了无数回,直到今天,我还时常在想,换了很多人,当即掏出钱来赔了,也不是很多,顶多百来块钱。可是她说不出那句话,任凭人怎么羞辱,她都说不出那句话,她拿什么来赔啊?

那是她一个月的生活费。就那点生活费,还是妈妈辛苦通宵做活计攒下来的。

说实话,我很不喜欢苦情的故事,但生活总是难以翻过苦情的一页。

宁波动物园老虎咬人那会儿,网上一下子出来了数不清的评论文章,最打动我的,却是网友简简单单的那句"人间怎么这么苦啊"。

"看老虎咬人的新闻后续,说是两个男子让老婆孩子买票进去了,自己翻墙逃票。我想起很多年前,我们一家人去爸爸的大学同学所在的城市玩。他带我们去一个景点,然后到了,问了门票价格他说我常来就不去了,我老婆带你们进去玩吧。爸爸说,我也不想去。他们俩就在门口聊天。那个景点我忘了叫什么了,但这件事情莫名记得很牢。都在嘲笑那个逃票的男人是老虎的外卖,替击毙的老虎不值得,我也觉得他活该。可是还是觉得太苦了,整个事件都太苦了。这是春节带着全家人去动物园玩吧。人间怎么这么苦啊。"(@倪一宁cookies)

在亲人的病榻前,苦得尤其浓烈,不管不顾地掐住你的嘴巴,朝你喉咙灌来。我的一个同乡,是很随意的性子,对钱看得很开,毕业以后找了一份很清闲的工作,没事喝喝茶跑跑腿,工资刚够吃饱。他觉得挺好。直到他的父亲突然诊断出了肝癌,晚期。原先闲散的人,一下子跑断了腿,不眠不休地筹钱,一睁眼一闭眼,就是一整页的医疗账单。

我去医院看望过他父亲一次,他陪我们坐了一会儿,就起身去抽烟,一直走,一直走,走到走廊尽头的位置,缩成视线里的一个小黑点,在那里抽烟。那是一个男人,此生最无助的时刻。

要是有钱就好了。钱买不来健康,也不能起死回生,但钱能买最昂贵的药,请最好的医生,住最好的病房,尽可能地延长至亲的生命,尽可能地令他们少受这人间的苦楚。

不懂金钱可贵的人,是幸福的。

我身边有许多家境很好的姑娘,她们活得滋润又自在,几千元的包包和衣服随意买,每年两趟境外游轻轻松松,她们提起钱来,既不需要苦大仇深,也不需要咬牙切齿。"钱不就是用来花的吗?"她们说得云淡风轻。多幸福啊,愿她们终生不用为了钱,去弯腰,去低头，去沾染人间阳春水。

还有一些小年轻，没有这样的底气和实力，却也只想诗和远方，从不关心眼前的苟且，一谈起恋爱来，就要求人家姑娘跟他做好一生挨苦熬穷的准备。"没有房子车子，就不可以结婚了吗？"他们把"知足常乐"当作人生信条，动不动就给人贴"拜金"的标签。

真的，如果预言家告诉我，我的父母不会有病痛的一天，我的家庭不会无故遭受厄难，我绝不会因为拮据而饱经侮辱，我马上就把金钱散尽，做一个闲云野鹤的人。但恐怕，没有多少人有这种好运。

更多的我们，迟早会有"贫贱夫妻百事哀"，迟早会有"贫居闹市无人问"，迟早会有"子欲养而亲不待"。我们的爱情、友情、亲情，在或迟或早的那一天，通通要放在那堆臭铜板上去试炼，炼一个原形毕露。

我们不想等到那一天，不愿让感情去接受金钱的考验，唯一能做的，就是在那之前，努力地赚钱。

对啊，我就是爱钱。因为相比爱钱，我更爱这个世界。

催婚是一群人的狂欢，离婚是一个人的孤单

催婚到底在催什么？我曾问过很多人。

当然，一部分人的确是怀着善意，教导我们走上一条他们眼中的稳妥道路。比如我们的父母，多半是担心我们老来孤身一人、凄苦无依，才急切地想要单身的子女找到一个伴侣，相守度过变幻多端的一生。但还有很大一部分，说起来令人震惊，他们调侃你的终身大事，仅仅是为了找个话题，在饭桌上聊聊天而已。

"结不结婚跟我是没什么关系，但是大过年的，不聊这些聊什么？"我的一个远房长辈，亲口跟我说道。

她曾经不下三次教导我早日成家，我至今仍清晰地记得当时的场景。她坐在长板凳上，围着火炉，一边嗑瓜子，一边跟我妈唠嗑："小北咋还不结婚啦，过两年可就不值钱了！"说完，她随手将瓜子壳扔进火堆，又伸手抓了一把花生，顺势转过头来跟我讲："别挑三拣四的了，这几年是你挑别人，过几年可就别人挑你了。"

整个过程，她始终没有停下嗑瓜子的嘴。那语气跟聊起菜市场的猪肉价格毫无差异，却铿锵有力地在我和我妈心头同时插上了狠狠一刀。呵呵。

过年了，又是一年狂欢时。仔细想一想，催婚的确跟过年很配呢。天气很冷，大家围着暖炉，就着花生、瓜子、爆米花，亲朋好友坐一块，总得聊些什么吧，你儿子期末考几分，你孙子吃母乳还是奶粉，你女儿呢，什么？她还没对象啊，那可怎么搞，再不抓紧就嫁不出了……

好一派热闹祥和的场景。所有人都在轻描淡写地给意见，没有人会在意他们讨论的是关乎他人终生幸福的大事。不负责任的话，说起来永远最爽，毕竟对于绝大多数人来讲，能够以过来人的身份指点别人的人生，机会实在太难得了。可是带来的伤害呢？

一些人扛不住压力，随便与看着凑合的人领了证，婚后家庭矛盾重重，懊悔已是不及。还有一些死顶压力，却死活得不到父母的理解，不敢回家过年过节，不敢给家里打电话。

是啊，外出的子女，过完年就跑了，扎进北上广深的人群中，又可以自在地单身了。可是我们的父母呢，他们就在那里，一辈子跑不掉，他们的朋友只要一得空就插上两嘴，那种难堪，不亚于谁家生了个偷抢拐骗的孩子。

我有一个未婚的朋友，曾在大年初二给我打电话痛哭，她说所有亲戚都在说闲话，猜测她是不是有什么隐疾，怎么年过三十还不结婚？而她的父母，因为不堪他人的议论，在团圆饭桌上辱骂她是个"丧门星"！

我实在想象不到，父母是听了多少明里暗里的嘲讽，才会用这三个字形容自己的子女，她做了什么，她仅仅是没有结婚而已。

更好笑的是，今天催你结婚的，跟明天你遭遇婚姻不幸时教导你不要离婚的，是同一群人。

我始终记得跟我同个大院里长大的一个女孩，去年她提出离婚的想法时，周围的人是什么意见。她的丈夫家暴，我亲眼看过她的伤痕，一条手臂上至少有五条被丈夫用皮带抽得发青的瘀痕。这样的丈夫，不离婚留着过年吗？

可是，同一个院子的阿姨却劝她："你想开点嘛，你们现在好很多了，我们以前的女人，谁没被老公打过？他要打你你就跑嘛！"连理由都用的是同一个，我们以前的女人，几个没被老公打过？我们以前的女人，几个没结婚？阿姨，一招鲜，吃遍天啊！

他们不会在意，那个挨打的人要经历怎样的痛楚。正如他们从不关心，一个草率进入婚姻的人会遭遇怎样的人生。在他们眼里，再怎么精彩的人生，没有一张结婚证加持，就称不上完整。哪怕你是企业总裁，也总有人等着看你下台，再说上一句："看吧，多可怜！"

曾有一期《奇葩说》，蔡康永谈到同性恋艺人向他请教要不要"出柜"，他说尽管很希望有人能陪他，但"我还是会担心，因为他们没有经历过我经历的事情，所以我没有把握的是，当他们遇到那些困难的时候，能像我一样挺得住"。

催婚的人不会明白，往后漫长的生活，只她一个人来领教。她不年轻了，马上就要错过最佳生育年龄，你着急替她张罗婚事，恨不得找好四五六七个候选人。可是，日后她被欺负了，日子过得不好，谁来替她出头？

当然，有人会说："结不结婚在她，我一句话难道还左右得了？"是的，左右得了。就像小时候上考场一样，明明没有做好检查，看到周围的人一个个交卷，心里也会慌张起来。因为在这个世界上，不是每一个人都拥有坚定的毅力来顺从自己的内心。

真的，不要让自己的一句话，成为压垮骆驼的最后一根稻草。

阿姨，实在无聊，就多嗑点瓜子吧！嘎嘣嘎嘣脆。

女人生孩子到底有多痛？

不管你未婚、已婚，还是男人、女人，是应该好好看看，女人生孩子到底有多痛。

孩子出生比预产期早了三个星期。阵痛来临的那个下午，我还在上班，老公那个星期刚好出差，婆婆也还没过来。所以我是一个人去医院的。

请假，回家，收拾待产包，给我妈打电话，然后一个人下楼，打了一辆车去医院。对我来说没什么，毕竟我是一个十几岁就敢独自背包南下闯荡的女人。

阵痛刚开始的时候，跟痛经感觉差不多，酸、胀，一下一下地疼，疼痛不密，持续十几秒就停了，隔了一分钟又再来。当时我还挺轻松的，心想就这么回事嘛，我以前摔断胳膊都没哭过，一定能挺过来。

到了医院，办理入院，做完胎心监测、内检，医生就让我躺病房等着。晚上六点，我妈从老家赶了过来。八点，公公和婆婆来了。十点，老公也从出差地赶回来了。病房里一下挤了好多人，大家都挺紧张，我反倒像个没事人，临睡前还玩了两盘游戏。当晚的阵痛完全在可以忍受的范围，皱一皱眉头就过去了，我把大家都支去酒店了，只留下老公陪我。

因为订不到 VIP 房,我们住的是两人间,隔壁床还有一个女人,她早我们一天到,估计是疼得厉害,整晚在呻吟。她老公不耐烦,没好气地说:"你就不能忍忍吗,你看人家怎么不叫。"当时我和老公下意识地对望了一眼,心里是说不出的鄙视。

第二天早上,真正的痛才来袭。吃过早饭,阵痛就一次比一次强烈,每一次阵痛的持续时间都在变长。从开始的十几秒,变成了将近一分钟,而且痛的频率也越来越密,每十几秒就痛一次。原先的小酸胀,变成了大锤子往子宫内壁上砸,每一下都牵动全身,疼得我冷汗直冒。

老公看我疼得嘴唇都发白,就不断地去问医生,什么时候可以生,每一回都被医生赶出去:"早着呢,才开三指。"

生孩子要开十指,那种恐惧,不知道大家能不能明白,我完全无法想象,开十指要痛成什么样。那几个钟头,异常难熬,医生说多走走能助于生产,老公就陪着我沿着医院的走廊一遍遍地走。

隔壁病床的那个女人也在走廊上走,怎么说呢,我看到她的脸心里就一阵阵地发毛,那是一张毫无血色受尽折磨的脸,连眼神都是黯淡无光的。她一个人拖着双腿扶着栏杆慢慢走,没有人出来陪她。她的丈夫吃过早饭就离开了,说是昨晚没睡好,要回去补觉。婆婆这会儿正在产房看电视。

到了中午,那种痛已经无法忍受,不再是一阵一阵地痛,痛连成了一片，好像四肢百骸都被捶打一样，一下一下，钝重地疼。什么呼吸法都不管用了，痛，痛到在床上打滚，痛到蜷缩成一团。

那时候只想赶快开十指，赶快生，可是宫口却怎么样都开不了，内检做了一次又一次，每一次医生的回复，都像按下了一个慢进键，让痛苦又延长了一分。那是肉体和精神的双重折磨，我感觉再不开宫口，身体还没崩溃，精神就要崩溃了。而医生却告诉我，隔壁床的女人已经两天了，才开了三指，我已经算快的了。

痛，很痛。痛到后来，我抱住老公真的就想死了算了，老公不断安慰我，说没事的没事的。我什么都顾不上，痛得完全听不进他在讲什么，几乎丧失了理智，我抓着他的手，哭着求他："我们剖好不好，让我剖，让我剖。"

记得就在生孩子前，我还信誓旦旦跟老公说，不管多痛，都一定能咬牙忍下来，现在想想就是废话。那一刻只要能缓解疼痛，别说剖了，少活十年我都愿意。老公看我疼得不行，只能去问医生，现在能不能剖，医生看了看我，又叫我去做内检，说是已经开六指了："马上能进产房了，现在剖就白疼了。"

我一想白疼了三个字，就把话咽到了肚子里，那时支撑我的全部动力，就是开七指！开七指就能进产房了！

然而，事实证明，进产房才是真正的噩梦。

我进去的时候，产房还有一个产妇，正在鬼哭狼嚎地呐喊，隔着帘子看不到脸，但那声音瘆得我毛骨悚然，你根本无法相信一个成年人能发出那种惨叫。

医生让我自己爬上产床,助产士是个温柔的姐姐,不住地在旁边鼓励我,让我不要叫,保持体力,我也不想叫,但疼起来完全控制不住啊!护士又叫了妈妈进来,给我送了巧克力和功能饮料,怕我一会儿没力气晕厥。

吃完东西,助产士让我听指挥,先不要用力,按她的指引来呼吸。可是我根本顾不上什么呼吸,只知道好痛。而且,有一种非常迫切的,想大便的感觉……

没一会儿,羊水破了。我没法形容那种痛,真的就是求生不得,求死不能。完全没法思考,没法交流,全身上下就只有一个感受:痛。整个人的意志已经完全崩溃,只剩下痛、痛、痛。大概持续了半个小时吧,助产士就在旁边喊:"快用力,开十指了!"

真的是连吃奶的劲儿都使上了。怎么说呢,那就是靠基本的求生欲望在支撑,我必须得使劲,因为我肚子里还有个孩子。

从开十指到生很快,总共只花了十分钟。但那种疼痛,只要经历过一次的人,终生都不愿再回首,幸好孩子平安生下来了,是个漂亮的小公主。护士把孩子抱给我看,我才知道,原来有了孩子,什么都值得了,这句话是真的。

医生把我推出产房时,老公正等在门外,他跑过来握住我的手,眼泪一下就掉下来了,那是我第一次看他哭,他哑着嗓子对我说:"老婆,你太不容易了。"

宝宝出生的时候,是晚上八点,距离阵痛,过去了二十九个小时,天知道这二十九个小时我是怎么挨过来的。不过好歹,母女平安了。不过，隔壁病床那个女人就没那么幸运了，听医生说，她迟迟开不了宫口，整整痛了两天，后来因为产程实在太长，怕孩子在体内缺氧窒息，又推去剖腹产了。

只想感慨一句，女人太不容易了，生孩子太不容易了，请一定要好好珍惜那个为你生孩子的女人。

为了房子，妈妈放弃了我的抚养权

朋友说，他永远记得爸妈协议离婚那天的场景。

那是一个冬天，窗外的天压得低沉，云很厚，却没有一朵白的。三个人围着一张大理石茶几坐着，谁也不愿先打破沉默。也不知道过了多久，妈妈突然抬起了头，飞快地瞥了他一眼，双眼带着一点浮光，嘴角还有一丝讨好的笑，有些心虚地问："你以后跟爸爸过，好吗？"

他没想到妈妈当真不要他了。其实那一刻脑袋早炸开了，他想咆哮，想呐喊，想痛哭，想用他瘦小的拳头，去敲打面前坚硬而冰冷的大理石。但话落到嘴上，却只有一句："好啊！"

他说自己也很奇怪，那两个字，说得又轻又坚定，好像一个电脑程序，在确认下一步操作，不带任何感情。他感觉得到，妈妈在听到这两个字以后，心情明显轻松了很多，她的话一下就多了起来，像安慰他似的："妈妈以后还是会经常来看你的嘛，你要是想妈妈了，也可以来找妈妈啊……"

他一个字都听不下去，外面的天色越来越暗了，乌云快逼到窗口了，昏暗的光线让房间显得尤其逼仄，电视墙仿佛要挤到人的胸口了。他起身回房，冷冷地扔下一句："随你们便吧，我写作业去了。"

关上门，他就用枕头闷住脸，眼泪断线一样流，哭得腮帮子都酸了，一直哭到半夜，累得睡死过去。醒来以后，爸妈就离婚了。他跟爸爸，房子归妈妈。

从那以后，他最常听到的话，就是那句："你妈真狠心啊，自己的骨肉都不要！"

爷爷奶奶天天念叨，四邻八乡每回看到他，也总要例行同情两句，乃至到了好多年后，他把这段经历讲给女友听时，女友也不敢置信："怎么会有妈妈不要自己的孩子？"是啊，妈妈们应该拼尽一切，不要房子、不要车子、不要工作，哪怕上街乞讨，也要带着自己的孩子啊，不是吗？电视剧里都是这么说的啊。他从前也是这么想的。

事实上，他在很长一段时间，都无比痛恨妈妈，他把她买的礼物，当面扔进水沟里，把她织了一个月的毛衣，用剪刀剪个粉碎，他看着她失望又凄楚的眼神，就有一种报复的快感，可随即又陷入深深的痛苦中。

她为什么不要他？他太清楚了，她怕辛苦，怕养不起他，怕带着一个拖油瓶没法改嫁，更重要的是，她怕要了孩子就分不到那套两居室的房子。凭什么呀，她是一个母亲啊，母亲怎么能抛弃自己的孩子？

直到很多年后的一天，他请朋友去星巴克喝咖啡，经过后街的巷子时，发现她在一个杂货铺前，弯着腰，翻捡一堆废纸皮。她的头发已经灰白，衣服自然地往上缩起，大半截皮肤裸露在外面，甚至能看到大红色的裤衩，那样子又邋遢又狼狈。

那是他的母亲啊,她怎么狼狈成这个样子?他就站在她身后,一声不吭地看着她在那堆废纸中翻拣,突然间泪如雨下,他就在那瞬间原谅了她。

所有人都在说:"你妈真狠心啊,自己的骨肉都不要!"但事实上,她在生活的搅拌机面前,亲手从自己的骨头上剜下了肉,保全了他。那时候,她刚下岗失业,不要那套房子,她连住的地方都没有,又拿什么来养他呢?

离婚了要不要孩子?之前网上有一段很火的街头采访视频,分别问女人和男人,离婚要房子还是孩子,结果女人无一例外选择了孩子,男人则不假思索地选择了房子。我也跟身边的女性朋友讨论过,她们都斩钉截铁地告诉我:要孩子!尽管她们并没有高薪的工作,也没有多余的精力照料孩子。

母爱太伟大了,我千百次地感慨。可是,很多时候我也会想,母亲到底能不能自私一点?

我的一个同事,就是这么一个"自私"的母亲,跟丈夫离婚后,她要了房子,放弃了孩子的抚养权。原因很简单,她怕要了孩子没法改嫁。天知道,她在背后遭受了多少非议,所有人都在说,怎么会有这么狠心的妈妈?就连那个出轨而直接导致离婚的丈夫,都反过来指责她,是她让孩子失去了母爱。

是啊,这个世界对女人从来都是苛刻的,苛刻到连母爱的浓度都有明确的规定。你是一个母亲,怎么可以把钱花在打扮自己上;你是一个母亲,怎么可以动不动就跟朋友聚会;你是一个母亲,怎么可以放弃孩子的抚养权？而遗憾的是，我活了这么多年，从来未听过有人把同样的句式，套用在一个父亲身上。父亲可以不会煮饭不会烧菜不知道孩子的奶粉怎么泡，父亲可以天天豪饮跟朋友流连夜场乃至夜不归宿，父亲可以对孩子不管不顾连孩子读几年级都不知道，反正可以一股脑地丢给家里那个倒霉的埋在家务里连头都抬不起来的妻子。

等到婚姻走不下去的那天，还有人要说：你是一个母亲，怎么可以不要自己的孩子？是啊，因为在很多家庭里，生养孩子的义务，一直都是母亲一个人的啊！

一个离异的女人要遭遇什么？

经济独立不需要靠任何人接济的，尚要忍受他人当面背后的议论和歧视。没有经济来源的呢？自己的家散了，娘家又回不去了，从此这世上漫长的风雨路，都要一个人来死撑来硬扛。

好多年前，我听一个单亲妈妈描述她给孩子开家长会的情景。同学们都知道她的孩子没有父亲，所以早早地趴在窗户上，等着看这个"奇怪"的妈妈长什么样。显然她并不是电视上那种漂亮、干练的妈妈，她穿着廉价的地摊货，脸上满是褶子，在教室里兜了一圈，半天没找到孩子的座位。

孩子就孤单地站在门口，眼巴巴地看着她，早在开会之前，他就跟妈妈说了，同桌的男孩经常欺负他，妈妈答应他，一定会告诉对方家长。对方家长是一个满脸横肉的男人，她怯生生地，堆满了笑容，刚刚把话讲完，对方就用鼻孔重重地哼了一声，不耐烦地说："小孩子打架，不是很正常吗？"

她没有再说话，心都在滴血，她的孩子被欺负了，她却没有能力保护他，因为她也正处于这个偌大社会的食物链备受欺侮的一环里。家长会啊，多么和谐的一个场景，而人生还有多少比这险恶得多的时刻？

　　是的，我很钦佩那些义无反顾地争取孩子抚养权的母亲，她们太了不起了。但对于那些没有那么勇敢的母亲，我们是不是也能够多一点宽容？

"如果我是樊胜美"

《欢乐颂2》里，王柏川破产想分手，樊胜美穿着睡衣跑到王柏川家，一口气告诉他："不就是没有钱了吗？不就是公司开不下去了吗？没什么的，王柏川，我也不会放弃你的。"

要是曲筱绡说，我不感动。从樊胜美嘴里说出来，结结实实地让我感动了一回。她已经背负了一个家庭，深知生活的一切艰辛，但是为了王柏川，她还是愿意试试，过没有房、没有车、没有钱的生活。

剧情让我松了一口气，那个明辨是非、惹人怜惜的姑娘，终于又上线了。要知道，早几集播出的时候，我不敢看网上的评论，大家在质疑她拜金、捞女、吸血鬼，甚至诟病她为什么不狠心一把，跟那个吸血家庭断绝联系。

总有人说："如果我是樊胜美，才不管她爸妈的死活，电话号码一换，爱怎么潇洒怎么潇洒，管你把钱给谁，吃不吃得上饭，死去吧。"然而，朋友，你说这句话，是因为你真的不是樊胜美。

原生家庭的烙印能有多深？

朋友五岁时，父亲酒后打了母亲一巴掌，直到如今，她二十八岁了，一见到父亲喝酒，还会下意识地恐惧。很多父母婚姻不幸的孩子,哪怕已经长大成人,哪怕已经逃离那个家,还是会对婚姻有种本能的抗拒。

一位读者告诉我,从小听到母亲用极恶毒的话咒骂父亲,她反感透了。可是,结婚以后,每当她和丈夫争吵,母亲说过的句子,就会下意识地从她嘴里吐出,如出一辙。生在噩梦一般的原生家庭的孩子,恐怕终其一生也难以摆脱噩梦。因为它们早就已经渗进一个人的骨血里,成了筋骨的一部分,而更可怕的是,原生家庭会影响一个人的价值观。

樊胜美绝望地说:"一个人的家庭,就是一个人的宿命,改变不了的。"

我曾经见过一个重男轻女的家庭,两个姐姐一个弟弟,姐姐们都已经出嫁,还时常被弟弟差遣来使唤去。一次,我们去他家做客,恰好碰到姐姐在给弟弟剪脚指甲,可能是剪到了肉,弟弟直接一脚踹在姐姐身上,嘴里还骂道:"你是猪吗?剪指甲都不会!"而更令我震惊的是,姐姐竟然丝毫没有愤怒,继续坐下来帮弟弟剪完指甲。后来,我私下问她为什么不生气,她告诉我:"他是我们家的独苗,骄纵点难免的。"

在她的价值观里,弟弟能够为家庭传宗接代,比她们姐妹地位高是理所当然的,甚至于父母的一切财产都是理应留给弟弟的,一个女孩,是不具备继承权的。听得我脊背发凉。可是,我又能批评她什么呢?这就是她从小受的教育,她的父母兄弟亲戚朋友,没有一个人告诉过她,她也是一个独立自由的人,也理应被尊重被爱护。

"如果可以,谁不愿意做公主啊?"

你喜欢,
不如我喜欢

/ /

▶▷

即便再绝望和灰心的死角,

也会有光透进来,

那些照进罅隙的光,

就是支撑一个人冲破黑暗的动力。

"如果我是樊胜美"的设定有两个语病：第一，我们以旁观者的身份评判当事人的行为；第二，我们以正常家庭成长的孩子的思维评判一个病态家庭成长的孩子的行为。真实的樊胜美，被钉在原生家庭的牢笼里，逃不脱、跑不掉、挣不开。她只有一个爸爸，就是那个重男轻女的爸爸，也只有一个妈妈，就是那个重男轻女的妈妈。她没法逃。

我的一个同学，极其痛恨她那重男轻女的母亲，但当她的母亲查出得了癌症，她在电话里失声痛哭，那是她等了二十几年的报应，可是报应来了，她就没有妈妈了。父母亲情最残忍之处是，它是唯一的、无法割舍的。所以，樊胜美才会一次又一次地被父母讨要勒索，才会挤破了头希望进入公子哥的社交圈，才会频频地向追求她的王柏川施压……

她骨血里的烙印，从她出生在那个畸形家庭的那一刻起，就已经如影相随了。她成长的环境、受到的教育，以及所有潜移默化的熏陶，不允许她两手一挥大步流星地把原生家庭甩在身后。

樊胜美的真正悲剧之处，在于她成长在一个充满恶的家庭，却依旧留有善的本性。她仗义，对朋友说一不二，邱莹莹被白渣男骗了，她二话不说就去砸了白渣男的家。她细腻，是二十二楼当之无愧的樊大姐，每回安迪有心事，总是第一个向她袒露心扉，因为只有她能察觉安迪内心的敏感，得体地呵护却不揭露她的脆弱。

有人说她是捞女，有人说她是吸血鬼，有人说她根本不爱王柏川，只是拿他当一块搭救自己的跳板，但你告诉我，一个捞女，一吸血鬼，不是应该把男友吃干抹净转身就走吗？

坏就坏在，她不是。

她不是，她才面对陈嘉康的追求无动于衷。

她不是，她才想要跟王柏川在上海有个家。

她不是，她才愿意始终背负那个沉重的家庭包袱。

她的善良，让她始终被困在原生家庭的牢笼里，左冲右撞，头破血流，却始终逃脱不了。

这才是这个角色命运的最残忍之处，上天给她指出了一条可以不再受苦的路，却始终没有给她踏上那条康庄大道的辣手狠心。所以她一直在受苦。

电视剧里的樊胜美，总是在哭。母亲的每一通电话，都往压在她身上的五指山加了一重砝码。蒋欣的高超演技，让每一次哭泣令人心碎。绝望、无助、无路可逃，一次又一次地重演。

是的，好多人都在说，她不应该这样，她不应该那样。可是每一回我看到她那样无助又迷茫地哭泣，就狠不下心来指责她。

最有争议的，是樊胜美对王柏川的爱情。她一连几十个"夺命Call"，将王柏川从饭局上拉出来，跟客户谈生意。她的妈妈没钱开饭，她就把压力一股脑甩给王柏川，责备他不帮她出主意。她总是惦记着要在上海买房，把王柏川跟应勤比，跟陈嘉康比……

她说："我们这些外地女孩子，工作才是唯一的依靠，绝对不可以在没出息的男人身上冒险。"是的，在我们旁观者眼里，她不对。可是对于她而言，还有别的办法吗？她没有努力过吗？不，她努力了,可是不管她怎么努力,赚钱的速度比不上一大家子花钱的速度。

她痛哭:"我不管做什么样的努力都没有用,我依然就是现在的样子,怎么办?"她希望王柏川能买房,希望王柏川能把生意做大,因为只有这样,他们才有未来可言。没有经济基础的爱情,就是一盘散沙,这个道理,还有谁比樊胜美懂得深刻?

王柏川生意失败,樊胜美非但没有离开他,还四处帮他周转,甚至不惜去找陈嘉康帮忙,尽管,她连坐他的顺风车都不愿意。这不是爱,又是什么?

我们总说樊胜美的爱情太过自私,不够漂亮。可是,这已经是她这样身世的女孩,能给出的最漂亮的爱情了啊!

《了不起的盖茨比》里,一句名言说得非常好:每当你觉得想要批评什么人的时候,你切要记着,这个世界上,并非每个人都具备你禀有的条件。

受难的人已经在受难,我又怎忍站在不痛不痒的高地,再去捅上一刀?

生下来，只是一个开端

"生完孩子第三天，婆婆就在病床前骂我没用，别的女人能顺产，就我顺不下来，白白花了那么多钱。"妈妈群里跳出来一段话。那个年轻妈妈跟我们讲了她的生产经历。因为骨盆小，她的阵痛持续了两天，骨头疼得像要炸开，宫口却只开了二指，就在她精神濒临崩溃的边缘，医生告诉她，体内羊水过少，胎儿面临缺氧危险，需要剖腹。

"说实话，我觉得自己得救了，别说要剖腹产了，只要不再阵痛，去死我都愿意。"她愿意，婆婆却不愿意，她拉下脸在一旁嘀咕："我们以前生孩子，没听谁要开刀的……"老公看妈妈脸色，迟迟不肯签字，她就眼睁睁地躺在病床上，看着那一群既不疼痛又没有生命危险的人，情绪激昂地跟医生争论。

她留意到婆婆除了不停地提钱，还说了一句："我听说剖腹产只能生两个，还得隔好几年……"

"那一刻，我真是恨死他们了，我的情况这么危险了，她还惦记着要生二胎。"

是的，在此之前，他们偷偷做了B超，肚子里是个女孩。

网上盛传过一个产科护士的爆料，看得人血脉偾张，捏紧拳头想去打人。世界上有男人在妻子生死关头只顾玩手机,有家属不顾产妇高危坚持要求顺产,更多的是孩子生下来了,丈夫和婆家人一拥而上去抱孩子,没人搭理那个刚从鬼门关回来的产妇……

一些网友评论太假了,质疑是编故事赚取流量,但你随意进入一个产妇群试试,会听到惊心动魄一百倍的故事:产妇下身的血还没干净就被要求同房,不同意就被丈夫按着打;婆婆偷偷跟医生打招呼,万一发生意外要保孩子不保大人;生了个女孩刚被推出产房,婆婆就要她尽快生二胎;生完一个星期就要自己洗衣服做饭,还要照顾看电视的丈夫……

女人是生了一个孩子啊,不是感冒,不是发烧,不是肠胃炎,是刚刚开肠破肚孕育一个生命。她九死一生才抢回一条命,却还是有人大言不惭地说:"生孩子怎么了,大家都能生,怎么就你不能生?"

生产,是绝大多数女人一生中,最孤独、最艰难、最惊险的时刻。

我的一位老师说,她生孩子的时候,因为过度疼痛,连医院床头的不锈钢铁栏也被掰变形了。可就是如此时刻,还要伴随着指责和刁难:产程长是你的错,剖腹产是你的错,孩子吸入了羊水和胎粪是你的错,产后迟迟不开奶更是你的错……

生产不仅是一道鬼门关,更是一面照妖镜。你嫁了一个什么人,在孩子落地的那一刻,才有资格打开话匣来评论。

没有人危言耸听,没有人挑拨情绪。

事实上,我大学毕业之前无法想象的是,在这个时代,依然有很多女人连选择剖腹产都要面临指责。但现实永远会给天真的人一记闷锤,特别是进入婚嫁年龄后,会尤其深刻地感受到社会对女性的恶意。

"女孩子工作那么辛苦干吗,不如找个好人嫁了。"

"女人三十豆腐渣,再过几年就不值钱了。"

"哪个女人不干家务啊?"

"我家要传宗接代,必须生个男孩。"

"你生的是女儿啊,那赶紧生二胎吧!"

……

我们用了这么多年,依旧无法改变许多人骨子里给女人贴上的标签——男人的附属品、生育的工具,依旧无法在家庭里获得应有的权利和尊重,甚至不享有生育自主选择权,既无法决定什么时候生,又无法决定生几个。

哪怕我们念很多书,哪怕我们赚很多钱,只要子宫还长在我们身上,就难免要面对生育那道斑斑的伤痕,面对身材的走样,面对哺乳的束缚,面对用人单位的歧视,面对被家庭和孩子剥夺自由和自主的痛苦……而更令人恐惧的是:生下来,只是一个开端,而已。

我爸花了两万元买保健品

一位读者跟我吐槽,就在父亲节那天,他爸买了几千元的保健品,而这已经不是第一次了。他算了一下,爸爸花在保健品上的钱,前前后后加起来得有两万。两万元,对于他的家庭来讲,不算沉重的负担,但也绝不是一笔小数。爸爸一个月退休金才两千元,自己只是普通的上班族,一个月几千元还要养家糊口。他说:"爸爸怎么一点都不体谅我?我跟他说了无数次那是骗人的,他就是要去白白送钱。"

无独有偶,早两天,一个表妹突然跟我求助:"姐,我爸进传销组织了!"听完吓了我一大跳。她告诉我,那是一个网络传销组织,号称一个高科技的项目,只要投入几万元,就能收入几十万。

为了了解骗局到底多扯,我和表妹还特地当了一回卧底,进了那个传销组织的群。我的天啊,技法拙劣、毫无新意、演技浮夸、骗术老套,但凡有一点判断能力,就会活活地笑死。

内容具体包括:汽车不用油、上网不用电,我们的量子科技创造了永动机;一个普普通通的女人,只要一接受我们的量子力量,就能力拔山兮气盖世……其渣五毛特效和托儿的演技,还不如电视上八心八箭只要九百九十九的南非钻戒。但就是有人信,表妹的爸爸已经投了八千元,接下来还准备投八万。

试问,哪个爸妈在学会用微信以后,没有在朋友圈发过"震惊……""吓死人了……""不转不是中国人……"?我妈也一样,自从学会了用微信,就成了一个谣言传播机。这个吃了致癌,那个喝了要命,还有什么灵丹妙药,癌症都能治愈。

我辟谣了吗?辟了。我说:"妈,骗人的。"

我妈信吗?不信。我妈说:"专家说的,专家说的能有错?"

她不相信我,反而相信那个挂着"专家"头衔的骗子,气得我直跳脚,脸红脖子粗地要跟她理论:就是骗人的嘛!你怎么就是不信我?跟你们沟通怎么这么难?

跟你们沟通怎么这么难?几乎是每个子女成年以后的心病。一个叫代沟的怪物,就这么横亘在我们面前,活生生地阻隔了我们与人世间最亲的两个人交流。

偶尔我也会发脾气,我会不耐烦。为什么在我看来小孩子都不会上当的骗术,他们就是坚信不疑,而且言之凿凿,反倒说是我不懂。可是每次发完脾气,我都会后悔,后悔得在心里捶打自己。因为我知道,我的每一次不耐烦,都会把他们推得越来越远,推到一个角落里去,一个叫衰老的、没有陪伴的、孤独的、无声的角落。

我的每一次不耐烦,都会让他们不断反思一件事:我是不是老了,没有用了?他们再不敢轻易地开口,再不敢轻易地索要,再不敢轻易地向我们袒露心声。他们怕,怕那个叫衰老的东西,讨人嫌。

有人说:"每个人的成长过程中,都会经历三个阶段:爸妈什么都会；爸妈什么都不会；爸妈也是普通人，有会的，也有不会的。"小时候，我们崇拜父母，他们是无所不能的盖世英雄。到了叛逆期，青春的逆鳞通通长出来，我们刚刚推开新世界的大门，才发现，父母的观念是那么老旧，一些甚至错得离谱。我们急不可耐地要对抗，要逃脱，要展示我们比父母更强大。

可是，终于证明了自己比父母更强大的我们，又得到了什么？交流的障碍，沟通的壁垒。那个叫长大的怪物，让我们忘了，该怎么跟爸妈说话。我们逃避，我们吼叫，我们急不可耐，我们不明白为什么父母总是不理解我们？可是，为什么他们要理解我们？在他们生活的年代，他们的父母，他们的祖祖辈辈，没有一个人会花几万元买个包，会辞掉工作去看世界，会高举双臂坚持独身主义……

他们不理解我们的世界，是因为从来没有人向他们解释过，世界怎么会变成今天这个样子。保健产品、量子科技、八心八箭的南非钻石，我们一眼就能看穿的骗局，对于他们而言，却是一个陌生的、崭新的、遥不可及的新世界。

然而，不管是我的表妹，还是那个父亲买了两万元保健品的读者，第一反应都不是解释，而是气愤。

那个读者告诉我，他气得发抖，急吼吼地责骂父亲，把老人逼到沙发角落，逼得他低下头，不敢说话，像做错事的小孩。他还在气头上，他嚷嚷着要去找那个推销员，找他拿回那两万元钱。这时候，父亲终于抬起头来："他每天都会陪我一个小时，这两万块，挺值的。"

他站在客厅中间，怔住了，这才想起自己已经整整四个月没有打电话回家了。四个月里，陪伴父亲的，只有那个推销保健品的。他知道他的风湿又犯了，知道他一个人很寂寞，知道他又想儿子了……

打个电话回家吧，别让陪伴我们父母的，只剩下卖保健品的。

"我终于嫁给了不爱的人"

许久不见的同学,在 QQ 上告诉我,她结婚了。

我说:"那要恭喜你啊。"

她发了个委屈的表情过来:"可是,我并不爱他。"

丈夫是那种各方面条件都不错的男人,不错的工作,体面的家世,性情温和,仪表堂堂,挑不出什么毛病,可她就是不爱他。同学说,她跟他睡在一张床上,就觉得恶心,碰都不愿意让他碰。结婚才两个月,他们就开始吵架,发疯一样吵,其实也没什么大事,可她就是瞧他不顺眼,不管他做什么,她都生气。

最夸张的一次,他刷牙的时候没关水龙头,碰巧被她看到了,她冲过去就把他的漱口杯打翻在地:"你怎么一身的臭毛病!"其实她心知肚明,他没有毛病,有毛病的是她。因为她不爱他,才处处对他挑刺。她觉得人生就这样被毁了,无处发泄,只好找这个老实人来撒气。

为什么会嫁给他?理由很简单,她今年二十八岁了。对于一个小镇姑娘而言,二十八岁就是死穴。父母说她有病,一大把年纪还嫁不出去,简直就是整个家的耻辱。三姑妈四姨婆过来做媒,横七竖八地介绍了一大堆，见她没有中意的，就在背后说她闲话，这姑娘是不是有病啊？

她反抗过。最激烈的时候，整整一年没有回过家，一个人在外地漂着，就连年夜饭也是一个人吃。她心想："大不了不回家了，孤独终老好了。"但是，妈妈在紧要关头病了。中风，险些没能救过来。爸爸在电话里骂她不孝，她在那头哭得喘不上气，要是妈妈真有个三长两短，她会恨死自己的。就这样，她回家了。

妈妈说："你不结婚，我死都不瞑目。"

她不明白妈妈为什么要说出这么重的话，短短几个字，就把她的一切念想摁灭了。很快，她在大姨的安排下找了一个本地男人，从相亲到结婚，一共用了三个月。还不错，真的还不错，所有亲戚赞不绝口，只有她一个人心如刀割，在夜深人静的时候，捂住被子号啕大哭。

结婚以后，她才明白，鸡汤里说的"找喜欢的人恋爱，找合适的人结婚"都是放屁。一双鞋再合脚，不喜欢就是不喜欢，每穿一次都是折磨。

丈夫邀她去看电影，她发脾气，电影有什么好看的，净浪费时间。其实她喜欢看电影，只是不想跟他去。丈夫给她点了一份西餐，她发脾气，牛排又老又腥，谁会吃这玩意。其实她喜欢吃西餐，只是不愿意对面坐着的是他。不管他说什么做什么，她都能找到他的不是，看吧，原来那句话是真的，你不爱的人，连呼吸都是错的。

可是，她内心深处也知道他没错。那错的是谁呢？是爸妈还是三姑六婆,又或者是自己,还是这个世界?无从溯源,命运的手翻云覆雨,轻而易举地将她的爱情之光掐灭了。同学说:"我现在就想和他离婚,我使劲跟他吵架,总有一天,他会受不了,就会跟我离婚。离婚了,我就解脱了。"听到这里,我难过到无以复加。

催婚的话题,我写过很多次。每一个催你结婚的人,都怀着各自的目的。

爸妈盼你结婚,是怕他们老了,没有人来照顾你。

亲戚催你结婚,是因为大家都结婚了,他们理解不了怎么有人不结婚。

还有各种街坊四邻,他们总叫你结婚,或许只是因为,想在聊天的时候找个话题,因为没有什么,比这个更好八卦。

他们一百张嘴,你一个人。

"差不多得了,别再挑了。"

"挑来挑去都剩下了,越大越不好找了。"

"哪个女人不结婚啊,不生孩子以后老了怎么办?"

每个人有每个人的道理,可是我今天只想问一句话:结婚后,她过得不好,你负责吗?

你负责吗?你负不起这个责;他们夫妻感情不和,你什么都做不了,他们之间出现了第三者,你什么都做不了。如果真有那么一天,他们的婚姻破裂了,要闹离婚了,你依旧还是那个样子,叉起腰事不关己地说一句:"你们年轻人也真是的,忍一忍不就过去了。"

是啊,你当然可以忍一忍,反正痛的不是你。

我不知道一个人犯了什么错，为什么一步入二十几岁，就连选择爱情的权利都没有了。

又没吃你家米，又没偷你家盐，她就想等一等，再等一等，等到想嫁的那个人，关你什么事呢？

我已经结婚了，所以尤其深刻地理解了嫁给爱情有多重要，婚姻生活柴米油盐，点点滴滴磨死人，将就的结果是什么？就只能像我同学那样，吵架，吵架，吵架。

见人吵架，你很开心吗？

我并不是怂恿大家不结婚，我只是在捍卫一个群体等待爱情的权利。被催婚的人，是孤独的。我太理解那种孤独了，孤立无援，射向自己的利器，还都来自亲戚和朋友。他们很善良，不知道怎么说出那句恶毒的话，就只能默默地忍着，默默地听着。等哪一天忍不了了，就找个人将就了。一将就，可能就是一辈子。

那是她仅有的一生啊！

我们不是丘比特，无法将爱情洒满人间，但有两个字还是能轻易做到的：闭嘴！

"最爱你老公的女人,是我!"

昨晚接到朋友电话,她在那头泣不成声:"大路给我煎了个鸡蛋,婆婆本来都睡了,一听到厨房有动静,就急急忙忙跑出来,指着鼻子来骂我。"

大路是朋友的丈夫。朋友怀着孕,每到深夜就肚子饿得慌,大路疼老婆,偶尔会亲自下厨给她做消夜,但没想到这个举动引发了剧烈的婆媳矛盾。

"这都几点了,还给不给人睡觉?哪有那么娇气,大半夜地吃什么鸡蛋?"婆婆坐在客厅的沙发上,数落完朋友就开始数落大路,"我都跟你说了多少次了,男人不能下厨房的,会晦气的。"

朋友一下就蒙了,别说她还怀着孕,就是没怀孕,叫丈夫煎个鸡蛋怎么了?自己儿子下一次厨就晦气,那她天天下厨呢?她实在委屈不过,就申辩了两句:"我今天胎动得厉害,让他下厨怎么了?"

婆婆更来气了,站起来就往她跟前凑。大路一看架势不对,赶紧拦在中间:"妈,你们都是我的亲人,何必这样为难我?"谁知婆婆直接嚷了起来:"她算什么你的亲人?我才是最爱你的人,这个女人才来家里几年啊,你给她脸干什么?"

说起来，那也不是朋友第一次跟婆婆爆发矛盾。一次，大路从外地出差回来，给她和婆婆各带了一条项链，婆婆一问价钱，原本笑意盈盈的脸一下子拉得老长，将首饰盒往桌上一砸，就说起来了："怪不得人家说娶了媳妇忘了娘！"

大路给妻子买的项链，一千多，给妈妈买的项链，八百多。同一家店，同一个品牌，只是年轻人的款式比较花哨，工艺费贵了几百元。朋友说："她就是见不得大路对我好，变着法儿地要在儿子跟前争宠。"

事实上，见不得儿子对媳妇好，是很大一部分中国式母亲的通病。母亲们往往分不清亲子关系的界限在哪儿，习惯于将孩子当作自己的私有财产，小时候偷看孩子的日记，不允许孩子有隐私，等孩子长大了，就横加干涉孩子的婚姻，连说辞也一模一样："我是你妈，怎么就不能为你做主了？"

我是你妈，怎么就不能为你做主了？

那个学校离家近，你不喜欢也得去。

那个女人我看不顺眼，你再喜欢也不能要。

那份工作在外地，你走了我怎么办？

她们的一生，如同一只斗鸡，时刻竖起翎毛来，一见到方圆五里内出现危机，就要挥舞着翅膀冲上去，咬得对方头破血流。

"我还不是为你好？"所有母亲都这么说。可是，真的是为你好吗？

我认识一个哥们，谈了三个女朋友，都被母亲赶跑了，最牛的一次，因为儿子商量着跟女朋友搬出去，母亲搬起凳子就往女孩子头上砸去。如今哥们三十几岁了,也不敢再找女朋友了,脾气变得越来越怪,动不动就跟人吵架。

所以,为你好,就是毁掉你的爱好,毁掉你的事业,毁掉你的婚姻,再毁掉你的人生吗?

武志红老师说:"父母对孩子的强烈需求,特别是在时间和空间上的共生需求,会导致孩子的生命力被绞杀。"

一个母亲自私的控制欲,破坏力到底有多大?就像我的朋友,她跟丈夫原本可以拥有幸福的生活,可是婆婆一闹,她就有了怨言,丈夫做着夹心饼干,婆媳动不动就吵得不可开交,家里永远弥漫着硝烟……

再往坏了讲,假设朋友和丈夫的婚姻真的出现了裂痕,婆婆一定负有不可推卸的责任。

"我才是最爱你的人。"不,如果你真的爱他,不会让他夹在两个女人中间,做受气包,做夹心饼,做吃力不讨好的和事佬。如果这就是爱,那你的爱未免太自私,自私得不允许你最爱的人拥有幸福。而妻子是什么?妻子是伴侣,是法定意义上与一个男人终生为伴的人。

我登记领证的那天,曾跟老梁开玩笑:"从今往后,我就是你生命中第二重要的女人了。"

老梁花言巧语道:"不,你是最重要的女人。"虽然我知道,我和他妈一起掉进水里,他还是会义无反顾地先救他妈。但是他拎得清,以后要跟他朝夕相处、生儿育女的人,只能是我。

现在,不管是他还是我婆婆,都非常明确家庭生活的界限和各自扮演的角色。婆婆从不干涉我们的家庭生活，大到买车买房，小到买菜做饭。我当着她的面骂过老梁，也经常使唤老梁干活，她从来都是站在我这边，以至于老梁无时无刻不在"挑拨离间"，生怕我们联合起来对抗他。

一个拎得清的长辈会懂得，从我们结婚的那天起，就组建了一个新的家庭，我才是这个家庭唯一的女主人。正因为她对我的尊重，我才愈发地尊重她，打心眼里叫她一声"妈"。

你看，人和人的交往，从来都是以心换心。没有人抢了你儿子，是别人家的女儿，给你做了女儿。

"姥姥死了,房子就是你的了"

姥姥立了遗嘱,死后房子留给她。北京三环的房子,带学区,中介市场的估值大约四百万。为什么要给她?因为她是个没人要的孩子。

爸妈在她十岁那年离婚了。她至今还记得那个场景,外面下着雨,乌云快压到了窗口,一屋子各怀心事的人,话里藏着刀。

"房子得归我,小妹你带走。"妈妈不要她,因为外面那个男人已经有两个孩子了,人家把话说明了,带上这个拖油瓶,婚就不结了。

"想得美,这么大套房子,说归你就归你?这丫头值多少钱?"爸爸一脸狰狞,五官都缩在了一起。

她不说话也不哭,就坐在沙发上看着,看着生命中的至亲,把她像皮球一样踢来踢去。

姥姥在这时赶了过来。那年姥姥已经六十有余了,精神却依旧极好,说话掷地有声:"你们过你们的好日子去吧,小妹归我,从今往后,是生是死,概不需你们负责。"

爸爸怯了,妈妈也怯了。但那怯里面,又带着一点劫后余生的意味,她这个拖油瓶,终于是脱手了。

姥姥是见过世面的女人，旧时代过来的，被抄过家，挨过打，经历过下岗，也经历过创业，风里雨里才挣下了一套房子。姥爷早几年走了，房子便只有姥姥一个人住，她来了，正好有个伴。姥姥待她极好，成天小妹小妹地挂在嘴边，她头发生得长，姥姥就给她梳小辫子："一梳梳到底，二梳白发齐眉，小妹长大了，就好嫁人了……"

她一把扭过身子，扑到姥姥胸前："我不嫁！"

嫁人是什么样子，她是见过的，爸爸打妈妈，掐着脖子按在墙上用膝盖踹。她不要嫁，她要陪着姥姥，给姥姥送终。

她这样的犟性子，又没爸妈保护，在学校难免要受欺负的，班上几个男同学总是拽她的头发，早上梳得好好的辫子，中午回去总是乱糟糟的。她气不过，扑上去就跟人动手，被几个男生打得流了鼻血。她挂着彩回家，姥姥问她怎么了，她咬紧牙不说，姥姥却明白了。

她赶到学校，站在教室中间，要求老师把那几个男生找出来，她不怕闹："我老太婆没几年好活了，体面了一辈子，今天脸豁出去了，打人的不受处分，我告到教育局去。"从那以后，所有人都知道，她有个很厉害的姥姥。但只有她知道，姥姥厉害，是因为除了厉害，再没有别的办法了。

她在姥姥家住了一年，又住了两年，再住了三年……到了第四年，舅舅和舅妈有意见了。那是中秋的夜晚，吃着团圆饭，舅妈突然起了个头："妈，以前小妹小，跟着后爸后妈怕被欺负，现在年纪也大了，孩子始终要跟着父母吧！"

姥姥明白她的意思，却装作没听懂："她跟着我挺好的，没灾没病，你不用担心。"

舅妈碰了灰，就索性敞开了讲："妈，就你那点养老金，你也是知道的，以后念大学开销得多大啊！"

姥姥盯着舅妈看了一会儿，丢下碗，走进了卧室。没多久翻出了一个手镯，用手帕包着拿出来："这是我做姑娘那会儿，我妈给我的，你拿去戴吧！"

姥姥娘家从前是方圆几百里知名的大家族，后来家被抄了，零零星星却瞒下了一点私藏，想必价值不菲。舅妈接过手镯，眼睛笑得没缝了，再不提让小妹回爸妈那里的话，一个劲地叫大家吃菜吃菜。

其实，爸妈那里，小妹早就回不去了。这些年，他们都已各自结婚，又再生了孩子，哪里还有她的位置？再说，她也不愿意回去，如果可以，她甚至不愿意见他们。上回见到妈妈，已经是一年前了，她跟现在的丈夫吵了架，跑到姥姥跟前诉苦："我怎么这么苦的命啊，嫁了两个这么样的东西……"

她挨着门边站着，妈妈始终没有正眼瞧过她，到临走前才想起走过去搂住她。妈妈的手搭在她的肩膀上，她嫌恶得不行，一把把她推开。妈妈说："小妹，你别恨妈妈，妈妈也是没办法。"

不，她就要恨。这些年她受了多少委屈，就有多恨。眼前这个女人不会知道，多少人拽过她的辫子，多少人在背后骂她有爹生没娘养，多少人瞧不起她灰扑扑的脸和瘦弱的小身板。

这些年，他们甚至连生活费都没有给过一毛钱。姥姥为了养她，早把积蓄花得七七八八。她的命是姥姥的，跟眼前这个女人，又有什么关系?

再后来,姥姥病了。起初是时不时会感到晕眩,谁也没注意,有一晚看完电视,刚站起来就倒在了地上。她吓坏了,一边哭一边去敲邻居家的门,急得两只脚直跺,她害怕,前所未有地害怕,她怕姥姥走了,姥姥走了,世上就真的没有她的亲人了。

送到医院,医生说是中风,要马上抢救,她坐在医院的走廊上,没命地哭,像要把这些年的眼泪都哭出来,爸妈离婚她没哭,男同学打她她没哭,可是现在她再也忍不住,号啕大哭。

所幸,姥姥的命是保住了。但医生说,以后可能会出现半身不遂、语言障碍等后遗症。

她揩了揩眼泪道:"没事,只要姥姥在就好,我来照顾她。"

那一年,她十八岁,正念着高三。她请了长假,天天待在病房里,洗澡喂饭,端屎倒尿,侍奉床前。舅舅和舅妈来看过两回,拎了一袋苹果,说了几句辛苦小妹了之类的话,就急急忙忙地走了。妈妈也来看过,没坐上一会儿,就心虚地看了看手机:"我一会儿还有事,先走了。"

偌大的世界,好像只剩她和姥姥两个人,两个人,在这个星球上,相依为命。

等姥姥病好了,就宣布了那条遗嘱:"等我去了,房子就留给小妹。"舅舅舅妈一下子就慌了,谁也没料到,老人家竟"糊涂"到这种地步,自己的儿子不给,给这么个丫头干什么?他们跑上门来,先是好话说尽，再是凶相毕露。舅妈一屁股坐在沙发上，又是撒泼又是哭："我嫁到你们家这么些年，没有功劳也有苦劳，到底图什么呀……"

妈妈也来了。不同的是，妈妈倒是很高兴，她把她拉进房间里："小妹啊，妈妈以前有苦衷的，你要原谅妈妈，我跟你那边叔叔商量好了，以后你愿意就回来住……"

房子，房子，这套估值四百万的房子，让人没了人的样子，转眼变了吃人的豺狼。就连邻居带着羡慕的眼神说她："等姥姥死了，房子就是你的了……"她什么都不辩解，只想努力学习，她不图考名校，就想留在北京，留在姥姥身边，她知道，她一走，这些一个个看上去道貌岸然的人，会把姥姥生吞活剥了。她不能走。

她到底是争气的，一举考上了北京的重点大学。录取通知书寄来那天，姥姥抱着她哭了，她明白，姥姥这些年受的苦，绝不比她少半分。有一年涨大水，把回家的路都淹没了，污黄的水都涨到了人的腰间，年近七十的姥姥，蹚着水把她接回家。她的命是姥姥给的，她考上了好的大学，就能赚钱，赚了钱，就能给姥姥一个好的晚年。幸福的日子，好像就在眼前。

命运从来不因人的愿望，而流露一丝一毫的慈悲。姥姥又中风了，医生说情况极为凶险，救不救得回难说，而且即便是救，只怕也需要很大一笔医药费。她抓住医生的胳膊，一个劲地说："多少钱都行，求你了，救救我姥姥。"

舅舅和舅妈却使了个眼色，叉着腰对她说："多少钱都行？你有钱吗?"她急了,向来不低头的,却哭着央求他们:"要多少我写欠条,我来还,求你们救救姥姥!"

舅妈说:"几万块钱,你个小丫头片子拿什么来还?除非你保证,放弃那套房子……"

他们还在想着那套房子,里面的人都快没了,他们还在想着那套房子。她不要房子,她把头点得如捣蒜:"好,我不要房子,我什么都不要!"

老人醒了,又从生死线上捡了一命。舅妈眉开眼笑,凑过去说:"妈,您这命可是我们抢回来的,那套房子小妹说了,她不要……"姥姥把脸扭过一边,把她喊到身边:"傻丫头,你不要房子,姥姥去了,你就什么都没了。"

她握紧姥姥的手:"姥姥,你不会走的,你不能走的……"

姥姥只摇头,两行清泪从眼角流出。她这一生,几起几落,历尽繁华,也历尽辛酸,老天垂怜,还有这么个外孙女。够了,什么都够了。七十几岁的人了,她还图什么?

她再不提把房子给谁,房子攥在自己手里,孝子孝女就又回来了。舅妈开始一天三趟地往医院跑,脸上又有了笑容,妈妈来得也更勤了,时不时打听一下,房子到底怎么分配。

"怎么分配?谁对我好给谁呗。"姥姥这么说。

房子最后还是给了小妹。

老人在一个清晨祥和地走了,舅舅舅妈第一时间赶了过来,不像走了长辈,倒像过年过节似的,脸上都是抑制不住的兴奋。然而,谁也不知道老人什么时候去做了公证,存折上的二十几万元和一盒子的金银首饰给儿子和女儿。房子是留给小外孙女的,谁也别想。

舅舅舅妈和妈妈在姥姥的灵堂前吵得不可开交,舅妈又哭又拜,细数这些年的艰辛,数了一下午,又开始打起精神,拿出那个首饰匣子,一件一件地挑了起来,姑嫂间为了谁得那条项链,谁得那串手镯,吵得不可开交。

只有她一动不动地跪在那里,豆大的眼泪往地上砸。这世上,终于再没有她的亲人了。

所有人都在说:"这丫头真走运,白赚了一套房。"

但她不要房子,只想姥姥不死。

孩子一出生,丈夫就死了

丧偶式婚姻,始于孩子出生那年。

丈夫回了家,要么拿着手机上网,要么躺在床上装死。他觉得带个孩子而已,能有多辛苦。正如他不懂,他的妻子此时在经历怎样的煎熬和绝望。

我收到一位读者的来信。读者说她动过一百次死的念头。在婚姻这件事上,她算是彻底栽了。

丈夫是家里的独苗,娇生惯养长大的,家务是向来不搭手的。孩子出生前倒好,大不了自己勤快点,可有了孩子,就算她有十双手,也忙不过来了。

孩子要吃要喝要哭要哄,全靠她一人打理。

孩子尿湿了,她让丈夫去拿一个纸尿裤,丈夫说不用换了,反正一会儿还会尿。

半夜孩子醒了,母乳不足,她一手抱着孩子,一手去泡奶粉,丈夫在一旁打呼噜,雷打不动。

一段时间,孩子闹肠绞痛,一哭就是两个小时,她就抱着他,一遍又一遍地在房间里踱,腰酸得僵硬了,耳边依旧是不知何时才能停止的哭号。而丈夫，面不改色地坐在沙发上看电视。

"那段时间一闭眼睛，我就在想死了算了，看不到希望，不知道眼前的折磨什么时候到头。"她跟我说。然而，比甩手掌柜更可怕的，是他还要凡事挑刺，处处刁难。

孩子喝牛奶过敏，身上长了红疹，他怪你没有照顾好。

孩子不好好吃饭，用手推翻了饭碗，他就要大声斥责道："带个孩子鸡飞狗跳，你看家里乱糟糟的……"

他时常拿你跟别的妈妈比："你看别人带孩子，怎么就没天天叫累……"

绝望，无助，没有尽头。我也懂。我自问一向坚强，但刚生完孩子那几个月，还是没忍住大哭了几场。初为人母的焦虑和惶惑，非亲历者难以感受。

生怕照顾不好孩子，可是无论怎么做，孩子依旧哭个不停。

世上没有任何工作，比哄孩子更易令人陷入崩溃，因为这项工作既没有时限，又没有可以复制的经验技巧。

天知道他什么时候醒，天知道他什么时候睡，天知道他什么时候哭。

你困得要死，他却依旧精神地号啕，你陪他熬过七点、八点、九点，平时这个点，他已经睡了，可今天他就是烦躁得很，不停地在你耳边尖叫。

那种感觉，就像极度饥渴的人，在望不到尽头的沙漠里寻找一片绿洲。天知道它在哪里。

可是那个躺在沙发上的丈夫,永远无法理解,他觉得一个孩子而已,抱一抱,奶一奶,哄一哄,就睡着了,多可爱啊。

是啊,多可爱啊。他看到任何东西,都会往嘴里塞。他喜欢玩水玩电器,还有玻璃易碎品。电器插座上的小孔,他会伸手指进去掏。你正在煮着一壶热水,他欢快而踉跄地走过去……你像只陀螺,二十四小时围着他转动,他走你要盯着,他笑你要盯着,他哭你还要盯着。桌子上的热水瓶,被他一掌掀翻在地,你吓得尖叫想去收拾满地的碎片,一回头却又看见他踮起脚想去拿厨房的水果刀……

怎样剥夺一个人所有的自由?给他一个孩子。

一场艰苦的战役,只有你一个人在打。丈夫要上班,他觉得上班很累,八个小时回来,只想安静地躺一躺。他纳闷,你是不是非要和他作对,怎么明知他累得要命,还不把孩子抱走。

半夜孩子哭了,他突然狂躁起来,大声冲孩子嚷道:"哭哭哭,一天到晚就知道哭。"

孩子受了惊吓,哭得更凶了,你赶紧从被窝里爬出来,把小生命抱在怀里。那个瞬间,你的喉头涩涩地发紧,竟跟孩子有一种相依为命的感觉。孩子,就是你的全部了,因为你再也感觉不到来自伴侣的爱和理解。

读者告诉我,孩子出生的那天,丈夫就跟她分房睡了,因为他白天要上班,怕孩子影响睡眠。孩子每小时要醒来一次,她就光着脚踩在冰冷的地板上,一遍又一遍地在房间走。等孩子睡了,她才躺下,刚要进入梦乡,耳边又是揪心的啼哭声。一夜里,她的睡眠不足三个小时。而她的肚子上，还有一条新鲜的剖腹产伤疤。

朋友跟我讲过一个心酸的笑话："高中上体育课扭了脚，打电话让爸爸来接我。我在门口等了半天，还是没有等到。原来，他并不知道我已经搬到了高中部。"

辽宁铁岭，一位三十八岁的妈妈死于心肌梗死，尸体在三天后才被邻居发现，当时房间已满是恶臭，四岁的孩子坐在母亲的尸体旁看电视。三天里，孩子的父亲没有来过一通电话。

一项调查显示，高达百分之七十七的父亲，每天陪伴孩子的时间不足一个小时，而有意思的是，父亲们虽然没有回归家庭，母亲们却纷纷地走进了社会。

越来越多的女人，被要求内外兼修，既要操持家务，又要赚钱养家，还要貌美如花。你做家庭主妇，他嫌你不会赚钱；你做职场精英，他嫌你太过强势；你不是仙女，总要老，总要丑，总要长皱纹，他趾高气扬，大言不惭地说："你看看你，男人受得了才怪。"

到底要怎么做你才能满意？如果躺在身边的男人，既无法承担丈夫的职责，又无法承担父亲的职责，那么，婚姻的意义又到底在哪里？

一个女人是怎样对一个男人绝望的啊？那些夜晚月很冷，风很凉，她抱着孩子一寸一寸熬时间，内心孤独而煎熬。而你，将头蒙在被子里，香甜地转了一个身。

CHAPTER 5

如果你知道什么是苦，
一定要告诉别人什么是甜

/ /

我们隔着漫漫的黑夜，被死死钉在十字架上，领教命运的滋味，为失恋痛哭流涕，为不得志郁郁寡欢，为亲人离世痛不欲生，仿佛就要进入死地。可苦难的意义，从不是置人死地，而在于置之死地而后生。你在一夜长大，推开门去见风雪。见风雪，而后御风雪，而后"羽化成仙"。

我也曾想找个有钱人嫁了

一个夏天,每天在外面跑新闻。太阳很大,就那么暴露着脸和脖子,晒得黑不溜秋。一趟采访,往往要坐一个小时公交车,再在羊肠小巷里七拐八拐,烤得全身发烫,还不一定能见到采访对象。但还是要去,不去,就没有工作了。

最累的一次,外面将近四十摄氏度高温,我一个人背着相机,去一个废弃的厂房,暗访一个无证小作坊。在没有车没有人的地方,迷失了方向,四周只有荒草地,往哪里走都不对,真的就快崩溃了。

老师告诉我,这个采访有危险,要注意安全。那一刻,谁还要注意安不安全,我只想要一块阴凉和一杯水,也就是那个下午,在回程的公交车上,我拽着吊手,站着睡着了。

类似的日子,后来还有很多。没日没夜加班,通宵赶稿。因为要买房,一把一把掉头发。

你问我这些时候在想什么?想女性独立自强吗?我就想找个有钱的男人嫁了。只要不让我这么累就行,他爱跟谁鬼混就鬼混,爱不回家就不回家。

人在艰难的生活面前,是很难高傲得起来的。去他的自食其力,我就想做寄生虫。类似的丧气话我还说过很多：要不，去注册几个相亲网站吧，年薪五十万以下的滚蛋，别妨碍我做贵妇；又或者，去参加那档知名的相亲节目，你看那上边的男嘉宾，哪个没几千几百万的？后来怎么着，喝了杯咖啡冷静一下，继续加班到天亮。

类似的心情，当然不止我一个人产生过。一次，跟朋友聊天，恰好聊到钱，她一拍大腿道："原来你也是这样想的啊！"

她也无数次这么想。那段时间，她妈妈病了，肿瘤，良性的。算不上什么严重的病吧，可对于她来讲，日子太难熬了，每天一下班就要倒两趟公交车去医院，帮妈妈洗漱、打水、清理排泄物，然后拿着医药单，走过长长的走廊去交费、取药，鞋跟敲在地板上，回声清冷而悠长。

"又孤独又窘迫，当时我就想，早听妈妈的话，找个有钱人嫁了就好了。"找个有钱人嫁了，就不用为昂贵的账单焦虑，还可以请一个护工照料，不用单位医院两头跑，而她还真有过那样的机会。

一个"富二代"在那个时候找到她，表示愿意负担她妈妈所有的医药费，还可以保证她下半辈子衣食无忧，只要她答应马上结婚，为他们家生下一个孩子。

"那你还不赶紧答应？"我打趣道。

"对啊！我现在也后悔死了！我怎么就不答应呢！"朋友装作懊恼地拍拍脑袋，随后，我们默契地笑了。她不会答应的，尽管她现在一个人做两份工作，每天累得说不出话来。

我们拼命工作努力赚钱，原本就是为了获得一个独立人的尊严，又怎么会本末倒置，将生命的价值依附在另一个人身上。

再说，有钱人又不是傻子，不是想嫁就能嫁的。成年人的世界，一切标有价码，有钱是一种资本，漂亮是一种资本，才华是一种资本，阅历是一种资本……资本和资本之间，才能相互交换，价码一旦不对等，势必要付出别的代价。

同学的前男友，是一个拆二代，谈婚论嫁的时候，他摆出高高在上的姿态，一口气给同学开了一张菜单那么长的条件，其中就包括要辞掉工作，安心在家相夫教子。那个男人指着门前的小花园对她讲："我要经常请朋友回来喝茶，这里帮我打扫干净，对了，烘焙你会不会？不会就赶紧去学吧！"

同学说，那一刻，她感觉自己就是一个唯唯诺诺的小保姆，跟在雇主后面，等着领取一把扫帚或是一块围裙。算了，还是无福消受，她既不愿意放弃工作，又不愿意做小保姆，这么好的差事，还是留给真正有需要的人吧。

当然，最后，她还是嫁给了一个有钱人。对方是一个创业公司的老总，他们一起建立了公司，他研发技术，她推广业务，从两个格子的出租屋，到几十人团队的写字楼，用了四年时间，走到彼此的心里。她结婚那天，我们去喝喜酒，只见她并排站在新郎身边，眼角眉梢都是从容和自信，那才是一个妻子该有的模样。

我知道，争分夺秒的城市里，还有很多像我一样的女孩子。我们怀着朴素的梦想和一腔的谦卑,在各自的城市奔波,为一日三餐打拼,为升职加薪打拼,迎头赶上生活的仆仆风尘。

累到撑不下去的时候,我们心里绷紧的发条也会悄悄地松动:要不,找个有钱人嫁了吧?

可下一秒,我们还是要从疲惫中揉一揉双眼,重新扎进数不清的工作中。因为没有哪种生活不饱含艰辛,如果艰辛是不可避免的,我希望它能带我去往梦想的生活,给我想要的体面和尊严。更何况,除了梦想,我们还有爱情啊。

就比如我吧,最后还是嫁给了穷小子。虽然直到今天,累得筋疲力尽的时候,我还是会想,当初怎么不找个有钱人嫁了啊?可如果有下辈子,我还是想嫁给这个穷小子。因为我爱他啊!

爱上一个理工男,离气死不远了

朋友 Carmen 学校附近一栋二十七层的公寓发生大火,她把新闻截图发给男友,男友回复了四个字:柯基快跑,并且贴心地配上了一张小短腿柯基的动图。Carmen 把对话扔群里,惹得我们哈哈大笑。果然,同一个世界,同一群理工男。

我家的那位,也是这副鬼样子。有一次跟他去串亲戚,山里温差特别大,晚上冷得我瑟瑟发抖,他穿着长袖,同情地望着穿短袖的我:"哈哈哈,还好我穿了长袖。"那一刻,我真是恨不得胖揍他一顿。我当然不能指望他把衣服脱下来给我穿,毕竟光着身子不雅,但是,你哈哈哈什么呀?有什么好哈哈哈的啊!

理工男,一种脑回路清奇的生物。

你来大姨妈,他叫你多喝水;你发烧,他叫你多喝水;你拉肚子,他还叫你多喝水。人家把女朋友宠成小公主,他把女朋友宠成一只水母。

千万不要和理工男去逛街,他除了找凳子,就是玩手机。你兴高采烈地试穿了一件连衣裙,问他好不好看,他会一本正经地问你:"你不是有一件一样的吗?"是的,在他们眼里,两件衣服只要颜色一样，那就是一样的。

你生日，他会精心准备一份礼物——限量版变形金刚。如果你想换成口红，那也没问题，紫色还自带金粉，blingbling（亮闪闪之意）的，意外不意外，惊喜不惊喜？什么，你不喜欢？那他们会相当不解："这不是挺特别的吗？"对，挺特别的，特别丑！

当然，他也不是完全不懂浪漫，偶尔，他会给你写一首情诗，题目叫"孤独的根号三"……

跟理工男谈恋爱，每天是无穷的崩溃。有时候，你真想敲开他的脑袋瞧瞧里面装的是什么。当然，对于你的疑问，他会一本正经地回答你："大脑，由脑核、脑缘系统、大脑皮质三部分组成。"

滚！谁稀罕知道啊！

如果你要跟理工男生气，恐怕很快就会死掉。因为即便你血压升到一百八，他也不会发现。

"什么？""你刚刚在生气吗？""你为什么生气？你们女人好奇怪哦！"他是遗落凡间的折翼天使，成了精的榆木疙瘩，上帝给了他人的身形，却忘了让他开灵魂的窍。他们来到世上，为了看一看太阳，和心上人走在街上，气死她，气死她，气死她……

作为理工男的女朋友，我们都是负有重大使命的，天将降大任于斯人，也不过如此。但话又说回来，理工男这么要命，我们为什么还要和他们在一起呢？因为他们的爱，笨拙，不动听，却很真诚。

我工作不顺心，遇到专业上的难题没法处理，是那位理工男一点一点给我分析，帮我解决问题。

我家遭了小偷，锁被人撬坏，是那位理工男带我去报警，去换锁，还贴心地在门上加了一层安全栓。

我在外地丢了钱包和证件，没钱买票也没法住酒店，是那位理工男连夜驱车几百公里，来火车站搭救我。

我爸爸生病住院，我手足无措只会放声大哭，是那位理工男抱住我，告诉我："别怕，有我在！"

他没有很多钱，不高，也不帅，但是会修电脑，会换灯泡，还能通下水道。他不懂浪漫，不说情话，但是能解高数，会写方程式，偶尔还能溜一把相对论和黑洞。理工男的爱，踏实，安心，像鼓点一样，不啰唆，不浮夸，却每一下都精准地打在节拍上。

世界沧海桑田，瞬息万变，旦夕祸福，但有一个理工男在前面，就好像天塌下来也不怕。

旅游不用做攻略，外出不用看导航，车子抛锚了都不用担心回不了家。他在，就是晴天。虽然他还是会惹我生气，还是会让我咬牙切齿，但如果可以选啊，我还是要和理工男谈恋爱，在一起，一辈子。

婚姻是偶尔绝望，还是一直如此？

朋友跟我提起她的父母。父母一生相爱，母亲四十多岁了，还被父亲宠得像个少女，既不知道怎么交煤气水电费，也不会洗衣做饭。直到一天，她爸在浴室洗澡时突然滑倒。朋友说，她至今不知道一生没干过重活，体重不过九十斤的母亲，是怎么把父亲从洗手间里背出来的。

那件事以后，母亲像变了一个人似的。她开始自己去交物业费，学习买菜做饭，甚至淘了一大堆医用保健书籍，认真学习急救方法，而一向不准她劳心劳力的父亲，也不再干预她做这些，两个人心照不宣，换了一种生活方式。

朋友红了眼眶："其实我爸是在担心，万一他先走了，我妈怎么办？"

闺密说，他爸特别宠她，恨不得把天上的星星、月亮都摘下来给她。可是餐桌上最后一只小龙虾，爸爸永远会夹给妈妈。

我爸，一个糙汉子，一生不知道浪漫是什么。印象中他唯一做的煽情的事，就是给我妈买了一件集合了网状、镂空、蕾丝等非主流元素的外套，当时年近五十的我妈，二话不说就拿去退了。

什么婚姻要有仪式感之类的话，对他来讲就是白搭。结婚这么久了，他连张全家福都不肯跟我妈去拍。可是，每一年我妈生日，他都办得特别隆重，他时常告诫我和妹妹："你们怎么对我都行，但不能对你妈不好。"他们一生没有分开过，唯一一次分开半个月，是因为我外婆生病了，我妈回去照料。有一晚，他给我打电话，一个大老爷们说着说着就哭了："我好想你妈啊！"

同学的父亲，最失意的时候是工厂倒闭，工人堵在家门口要钱。他的母亲，回自己娘家借钱，在父母兄弟面前磕头，筹了钱周转。

如今，父亲东山再起，工厂比从前规模更大，家里买了房子，买了豪车，应有尽有。有人在男人面前嚼舌根，说人生三大幸，升官发财死老婆。他二话不说就翻了脸，从此再不来往。

这么多年了，身边的老板包二奶、找小三、离婚，他爸始终只有他妈一个，他妈不好看了，发胖了，可是每次出去应酬，他爸都带着他妈。同学说，有一回，他爸喝醉了，哭着跟他讲："你妈跟着我受了太多委屈，我对不起谁都不能对不起她。"

我的堂哥，一个普普通通、连说话都腼腆的中年男人，最近做了一件令人震惊的事。最大的孩子都念初中了，他要跟堂嫂补办婚礼。这桥段在电视剧里很常见，放在现实生活中还真新奇，再说，堂哥既没有衣锦还乡，也没有飞黄腾达，没事办什么婚礼？

那天，我去他家做客，两个孩子在客厅玩闹，一个追着另一个跑，碰倒了桌子椅子，翻乱了抽屉柜子，满地的狼藉。我们喝了几杯茶，聊到了这件事，堂哥温柔地抬眼看了一眼对面的嫂子："养大这两个小孩，真挺不容易的，我就想给她补办一场婚礼。"

婚姻是偶尔绝望，还是一直如此？绝望起来真的很绝望，但是温柔起来啊，也是真的温柔。

如果你知道什么是苦，一定要告诉别人什么是甜

因为写文章需要，我去探访过一位六旬老人。

老人幼年丧父，母亲独力抚养他和几个兄弟，没饭吃。最饥荒的那几年，只剩一层皮包骨，大腿上的肉按下去，半晌还凹下去一个洞。不想饿死，只能出门讨生计。十二岁的他背着行囊去外省，身无分文，又不会说当地话，被骗、被欺、被地头蛇堵在巷子里打。

后来总算有点起色，谋了一份矿上的差事，苦是苦了点，好歹衣食有了着落，用余下的钱还找了个对象，结婚生子。眼看孩子一天天长大，好日子就要来临，矿塌了，他的一条腿换了一条命。

他想过死，拿着甲胺磷坐在漆黑的夜里，刚想喝下去，熟睡中的孩子翻了个身，他就没舍得了。可活着总得有个活法吧？他推着轮椅蝼蚁一般腾腾转，依旧找不到活干。

一天，经过人民广场的时候，他心头突然一动，买来纸笔，拜了个师父，开始练习画画。

专业的练不成，他就画卡通，两个月下来，有了点意思，在闹市支了个摊，画了卖给小朋友，居然有了不错的收益。

"现在画画没生意了。我准备去学校门口摆摊，卖点早餐……"他的门牙少了一颗，不知道是在命运的哪次捉弄中失掉的，说起话来

有些漏风。

"唉，人生真苦呀！"我忍不住感叹道。

"我从没有这样说啊！"他吃惊地看着我道，"你们写文章的，不能这么悲观！要告诉别人日子是会一天比一天好才行，我现在吃喝不愁，孩子也长大了，过几年就能抱孙子了……"

今年年初，我的一位朋友毫无征兆地成了一名段子手。

"儿童套餐是给儿童吃的，请问，猪扒套餐呢？"类似的段子，她一天能刷四五条。以前的她不喜交际，今年突然爱上了请人吃饭。请人吃火锅，四五人点一桌配菜，自己不吃，就忙着给人烫菜，像年夜饭桌上热心的老姨娘。饭桌上热气蒸腾，她有那么一刻闲了下来，恍恍惚惚看着热气发呆，然后眼珠子猛地一转，站起来说："要不我们玩真心话大冒险？"

恰逢那段时间我失恋，她连续一个月陪我早起看日出，坐在大草坪上，看着毛茸茸的初升太阳，我听见她在自言自语："又是新的一天，还有什么过不去？"

单位里的年轻同事都喜欢她，别人不愿教的问题，她都愿意教，谁挨了领导的批，她都会上前安慰两句："年轻人，困难是暂时的，前途是光明的。"

她好像从没有烦恼。直到很久以后，我们才得知，她的未婚夫，去年车祸去世了。

几个月前，我去医院照看一个长辈。同病房有一个年轻女人，得的是乳腺癌，前几年切除了一侧乳房，现在癌细胞转移，另一侧也要切除。很不幸，对吧？可是她特别乐观，每次主动找我们聊天，给我们看丈夫和孩子照片，乐得哈哈大笑。

一次，她神秘兮兮地招我过去，从床单下面摸出一本《VOGUE 服饰与美容》，指着封面上的模特对我讲："你看吧，我就说平胸时尚，穿衣服多好看啊，胸大能穿出这效果？"

当时长辈的情况不太好，医生建议做化疗，我们打不定主意，就去向她咨询。她半躺在病床上，几乎是眉飞色舞地跟我们描述那个过程："痛，那肯定痛的啦，还掉头发，你看我的头发，是不是像尼姑，但是不怕的啰，一阵就过了。"听她那语气，就像是打个预防针而已。

后来，我们送长辈去做化疗，她还在病房开导我们："你们后辈，不要哭哭啼啼，你们要表现得乐观一点，老人家才能看到希望。"

辛弃疾说"愁"，他是这样写的："少年不识愁滋味，爱上层楼。爱上层楼，为赋新词强说愁。而今识尽愁滋味，欲语还休。欲语还休，却道天凉好个秋。"

《红楼梦》写贾母为薛宝钗庆生，宝钗深知贾母老人，喜热闹戏文，点了一出《西游记》，果然深得历经几代人悲欢荣辱的老人欢心。

张爱玲向来言辞锋利、文字刻薄，可在失去胡兰成后，就像一朵迅速枯萎的花，再也写不出盛年时那样的作品，她说"因为爱过，所以慈悲；因为懂得，所以宽容"。

1989 年 1 月，距离诗人海子卧轨自杀不到三个月，他写下了那首著名的《面朝大海，春暖花开》，他说"陌生人，我也为你祝福 /

愿你有一个灿烂的前程／愿你有情人终成眷属／愿你在尘世获得幸福……"给了世人一个诗意的世界。

好多年前的青歌赛，大学者余秋雨和中央音乐学院副教授赵易山一起做评委。余秋雨满腹才学、旁征博引，收获的好评却远不及旁边话语温和的赵易山，那么多场点评，赵易山从未有过一句苛责之词，不管选手犯下的错误多么低级。后来，无意间看到他的访谈，谈起从前"文革"下乡的日子，赵易山云淡风轻地说了一句："如果你知道什么是苦，一定要告诉别人什么是甜。"

如果你知道什么是苦，一定要告诉别人什么是甜。

世界从不如我们想象的美好，既没有万事如意，也没有心想事成。我们想不明白，为什么短暂的一生，要经历那么多的死别离、爱憎恨、求不得。

我们隔着漫漫的黑夜，被死死钉在十字架上，领教命运的滋味，为失恋痛哭流涕，为不得志郁郁寡欢，为亲人离世痛不欲生，仿佛就要进入死地。可苦难的意义，从不是置人死地，而在于置之死地而后生。你在一夜长大，推开门去见风雪。见风雪，而后御风雪，而后"羽化成仙"。

长夜痛哭漫漫，上下求索漫漫，很苦，都很苦。总要失过全世界的恋，才有可能成为词神林夕，慰藉更多人的长夜痛哭、上下求索。

活成灯塔的样子，才是苦难赋予我们最大的意义。

愿我们的苦难，终有一天成为他人的灯塔。

我们读了那么多书,却无法理解眼前的父母

饭间,同学跟我们吐槽父母是老古板。他和未婚妻打算旅行结婚,不发喜帖、不摆喜酒,只通过 QQ 邮箱向好友发布婚讯,再在旅行的时候顺路请当地的好友吃饭。父母却觉得是胡闹,结婚是人生大事,谁家不得摆上几桌,否则四邻八乡都得说闲话。

同学认为父母是死要面子活受罪,四邻八乡爱怎么说就怎么说去呗,反正日子是自己过的,管别人怎么看!沟通了几次无果,同学彻底跟家里闹掰了,也不征求二老意见了,直接预订了飞欧洲的机票,准备周末启程。他说:"我实在不明白,跟他们沟通怎么那么困难?"

大家纷纷附议,在座一位老师却突然提问道:"为什么不发帖、不摆酒,却要用 QQ 邮箱发婚讯呢?"

同学说:"那当然啦,不然我的朋友们怎么知道我结婚了?"

那位老师继续问道:"那么,你父母的朋友要通过什么途径知道你结婚了呢?你有没有想过,你的朋友很重要,他们的朋友,也很重要。"

一桌子人愣住了。是的,在此之前,我们未曾想过,我们的父母也有朋友,他们的朋友关系也需要维系。听起来可能老套,但对于上一辈而言,大家摆酒你不摆,真的会没朋友的。

前段时间，刚生完孩子的闺密突然跟我讲："糟糕，我可能也会变成催孩子结婚的家长了。"

闺密是出了名的不婚主义者，我至今还记得，一次过年，面对长辈们的集体催婚，她站在二十一楼的阳台上，指着下面说："再逼我结婚，我就跳下去。"如果不是对现在的丈夫一见钟情，她真的可能终身不嫁了。直到她生孩子前，每逢有人表示不想结婚的意愿时，她都举双手赞成，她坚称："家庭生活固然温馨，但不婚也有不婚的自由，只要自己开心，选择哪一种生活都行。"

就是这么一个人，如今居然说出这样的话，惊得我的下巴快掉下来。闺密跟我解释道："我一想到我和她爸走了以后，她在世上就一个亲人都没有了，心就揪了起来。我以前以为父母在瞎着急，现在才明白，他们是害怕没有人代替他们来爱我。"

"可是没有找到合适的人，结婚不是瞎搞吗？"我问。

闺密沉默了几秒，再抬起头来眼睛已经泛泪："的确是这样，可是我后悔当初为什么丝毫不理解他们，说了那么多伤害他们的话……"

我最近也差点在代沟里翻了船。对，就是朋友圈。

自从妈妈学会了用微信，每天都能收到她发过来的健康提醒："注意了，这种菜比砒霜还毒……""专家研究，白开水可能致癌……""长寿老人告诉你十个秘密"……真不晓得哪来的那么多养生骗子，我恨不得把他们抓起来通通打一顿，可现实中，我只能跟妈妈一遍一遍解释："这些都是假的！假的！"

呵呵，母上大人就信了吗？人家那上面写了呀，专家说的，专家

你喜欢,
不如我喜欢

▶▷

人们一旦告别了青春,
就要被迫更新不属于自己的价值观。

难道会骗人吗？算了，解释不清，索性就采取"三不政策"，不反对、不回复、不遵从。本以为这样下来，天下就太平了。可时间一长，妈妈渐渐发现了端倪，语重心长地问我："我实在分不清哪些是真、哪些是假，你们的世界，我看不懂了……"

那时我才陡然醒悟，原来她一直试图努力融入我们的世界，而我们，似乎从未认真去理解他们。

到底是父母不理解我们，还是我们不理解父母？

我们随着时代大潮往前走，学的是当代科学，听麦当娜和周杰伦的音乐，看过地球上不同城市的风景，用六七千元一个的iPhone……可是我们的父母呢，似乎永远停留在原地，二十年前的故乡和现在的故乡，除了多了几样电器，并没有什么不同。

尽管如此，父母一直在试图理解我们，理解我们为什么不结婚，理解我们大手大脚花钱，理解我们随口说"么么哒"，甚至于要去理解女孩子为什么会喜欢女孩子，男孩子为什么会喜欢男孩子……

我们坚持的都是对的，因为我们所做的一切都属于当下这个时代的主流。可残忍的是，我们的父母，并不属于这个时代。他们要付出巨大的艰辛，才能稍微离我们近一点，跟我们对上几句话。

直至今天，我们已经理解了万有引力，理解了进化论，甚至连虫洞和黑洞，也能随口聊上那么一点。我们那么了不起，却都忘了一点——在理解对方这件事上，更有义务去做到努力的，是我们。

别等到要给父母换血换器官，才骤觉拼命赚钱的必要

一个至亲的突然病倒，总是会以猝不及防的残忍，提醒我们金钱的可贵。

我至今仍记得念小学时，班上有个女同学的母亲，突然得了淋巴癌。那时我们还小，小到既不懂生，又不懂死。可是那个女生却好像突然就长大了，她再也不跟我们玩橡皮筋，总是闷闷地坐在座位上，上课等下课，下课等上课。

没多久，老师号召我们捐款。大家还是笑嘻嘻地拿出两三元早餐钱，丢进那个封住的箱子里，然后嬉笑着追问："喂，你捐了多少啊？"她就坐在自己的位置上，眼睁睁地看着我们相互打趣。那时我们不懂那些叫"救命钱"。

直到有一天，正上着课，年级主任突然走了进来，面色凝重。他就站在门口，还没来得及开口，女生就懂了，她飞奔着跑出去，书包都不要了。那一刻，教室里静得能听到针掉在地上的声音，我们好像在一瞬间明白了，那个女生，以后再没有妈妈了。

疼痛随着时间流逝，会慢慢地平复，但伤痕却会永远留下。之后，那个女孩变得很努力，几乎变态地努力，拼命到好像既不用吃饭，又不用睡觉似的，一路考第一，一路拿奖学金。

很多年后，我们开始玩QQ，大家的签名都很狂拽酷炫，唯独她的是一句简单的话——你越拼命，无能为力的事越少。那句话一直挂了很多年。

再讲一则发生在老家的真实故事。

同乡比我大几岁，家里的经济条件算不上优越，但也有一点积蓄。大学毕业后，他有进大公司的机会，薪水非常可观。后来也有朋友介绍内部渠道，可以做点生意，收入也相当不错。

但世上所有赚钱的工作，都逃不脱"辛苦"二字。每份工作他坚持不了两个月，就嫌辛苦辞职了。最后回到老家所在的四线城市，找了一份非常清闲但收入很低的差事，平时没事跑跑腿、喝喝茶，安安逸逸地过了几年。

也就是去年，他的父亲查出了肺癌，晚期。命运的重担毫无征兆地压下来，他才慌了手脚，东奔西走地找我们筹钱。但那点细小帮助，哪里敌得过天价的医疗费用？原先衣食无忧的家庭，一下子负债累累。偏偏病重的父亲，不愿成为家庭的拖累，死活不肯住院治疗。家人没办法，只能把他带回家。没过多久，我们就得知了他父亲去世的消息。

再见时，他整个人消瘦了不少，脸上挂着被命运捶打过的人独有的坚忍和谦卑。他已经辞去了那份闲差，托朋友介绍，进了一家地产公司，从最底层的员工做起。我们没有问他辞职的理由，但我猜想，里面大概藏有为人子女面对至亲病重而手足无措的愧疚和悔恨。

我们总爱说，钱可以买车买房买包包，但车子和房子，在一张昂贵的药价单面前，又算得了什么？

以前大学附近有一家很大的医院，每次从旁边经过，我就觉得胆战心惊。永远有人跪在那里，永远有家庭在发生不幸，一些时候是面容憔悴的老父亲，筹钱来救怀里的幼儿，更多时候，是一对年轻的兄妹拿着父母的病历单，跪在坚硬的水泥路面，向路人筹集一点医药费。

即便我知道，十有八九是骗子的伎俩，还是会忍不住捐钱。因为一个普通家庭为医治一个重病患者而倾家荡产，在逻辑上是再通顺不过的事了。类似的事，每一个角落、每一天都在上演，万一是真的呢？我不敢想象，那背后有多少辛酸和绝望。

如果有钱就好了。是啊，钱不能买来健康，但有钱就能给父母住最好的病房，用最好的药，在人类力所能及范围内，最大限度地延长生命、减轻痛苦。相信我，绝不会再有任何一个时刻，比在亲人的病榻前，更深感拼命赚钱的必要，希望真到了那一天，我们能说一句"有钱，真好"，而不是"有钱，就好了"。

马尔克斯说："父母是隔在你和死亡之间的一道帘子。"

不管别人的故事多么凄楚，你以为你懂，你甚至为之落泪，但其实不是的，你根本无法感同身受。我们永远不懂被命运捉弄的滋味，除非有一天，那个被捉弄的人，变成了我们自己。只是到了那一天，一切好像都来不及了。

我们也真的没有多少时间来懈怠了。即便是"90后"，父母也几乎早已迈入天命之年，头发白了，背也不再挺拔，一下雨就开始风湿痛，血压好像也不是很稳定……父母的衰老就像一根橡皮筋，紧绷在我们心上，那是禁地，不敢触碰。

　　如果那一天真的要到来，我希望，我已经拥有很多很多钱。

我听过最大的笑话,就叫"感同身受"

早几年,还没放开二孩政策,一个女人怀孕了,验了 B 超,是个女儿。婆家全家出动,劝女人流产。

婆婆说:"我们家的香火全在你这肚子里呢,换我是你,我也流。"

大姑子说:"孩子又没成形,有什么好心痛的啊?"

小姑子说:"现在的人流手术很先进的,下地就能走,没什么大不了的。"

丈夫说:"你怎么就非要跟全家人对着干呢?因为你的事,大家都吃不下饭了。"

女人没办法,只得流。她明白,她是这个家的外人,没有人会心疼她。在这一家子老老小小看来,她肚子里的女婴就像一个肉瘤,割了就割了,留着反而是个祸害。

做完流产那天,娘家的亲戚们赶了过来,妈妈抱着她哭成了泪人,多年捧在手心里的女儿,怎么嫁到别人家去遭这种罪啊?就连一向不苟言笑的爸爸,也偷偷地红了眼圈。心疼,是真心疼。不仅疼那个流掉的孩子,更心疼自己一手拉扯大的女儿。

可是婆家人有什么呀,婆家人开心着呢,这一胎没了,还有下一胎,下一胎是个男孩,自己家的香火可就有了,好着呢!他们像过节似的，买了鸡、买了鱼、买了肉，一家人欢欢喜喜地劝女人吃饭，婆婆说："等身体养好了，就赶紧地再怀一个，年纪也不小了……"

等到第二年，小姑子结婚了，没多久也怀孕了。巧了，小姑子嫁的人家，也指望她生一个男孩来传宗接代，也托了人悄悄地验了，但不幸的是，也是个女的。

小姑子的婆家也死活不同意，生女孩哪行啊，自己家本来就一个独苗，总不能断了香火。

不行，得流掉，不流就得离婚。小姑子哭哭啼啼地跑回家，要做母亲的人，始终是有些慈悲的，再也说不出"下地就能走"的话，她哭诉道："怎么会有这么狠心的人啊，自己的骨肉都不要。"

一大家子急了，捋起袖子要去找男方理论。女人站在门口，看着一家人义愤填膺的样子，又解气又好笑。那些话她还记着呢，记得清清楚楚。

"我们家的香火全在你这肚子里呢，换我是你，我也流。"

"孩子又没成形，有什么好心痛的啊？"

"现在的人流手术很先进的，下地就能走，没什么大不了的。"

"你怎么就非要跟全家人对着干呢？因为你的事，大家都吃不下饭了。"

当时说得多轻巧，现在怎么反倒急了？

针不扎在你身上，你就永远不会知道疼。

电视剧《我的前半生》的一幕令我尤其印象深刻。陈俊生跟罗子君离婚后，想要回原先的大房子，子君提出要五十万元，他便叫自己的父母去找子君打感情牌。子君不答应，陈俊生的父亲就说："子君，我一直认为，你是个善良的孩子，怎么现在你变得这么狠呢？"

你怎么这么狠呢？罗子君争取孩子的抚养权时，陈俊生的妈妈也是这么说的。自己的儿子出了轨，反而责怪儿媳妇心狠，不肯让出抚养权，不肯交出大房子。可在陈俊生父母看来，就是天经地义的，因为他们只能感受得到儿子的窘迫，压根儿体会不了前任儿媳的痛苦。

你永远不能指望他人感受你的感受，除非，他有一天遭遇你的遭遇。

林肯公园主唱在家中上吊身亡。他从七岁开始遭到一名成年男子长达六年的性侵犯，无处寻求帮助，只能沉溺于酒精与毒品，而在一篇悼念他的文章下面，我看到一个评论："自杀的人，极为可耻。"简短的八个字，一下子把人性的自私、浅薄还有那颗"事不关己，高高挂起"的看客心表现得淋漓尽致。

祝愿他，一辈子不要经历痛苦无助，一辈子不要陷入命运茫茫然而又无从逃避的旋涡，否则哪一刻产生轻生的念头，也有人高高在上地评论一句"极为可耻"。自杀的人不是想死，他是活不下去了，没有活路了。

网上曾流行过一段评论：对一个抑郁症患者说"世界很美好啊，你为什么不笑"，就好比对哮喘患者说"空气多好啊，你为什么喘不上气"。肤浅，无知，可笑。

如果我们做不到感同身受，能不能不要在他人的苦难面前，摆出一副盛气凌人的姿态？这并不能彰显你的优越，反而会看起来很蠢。

廖一梅说："每个人都很孤独。在我们的一生中，遇到爱，遇到性，都不稀罕，稀罕的是遇到了解。"

我们活在世上，理解原本就是一件昂贵的奢侈品。

我们不明白那个走在街上的女孩，为什么会无来由地号啕大哭。

我们不明白那个要养家糊口的男人，为什么会抠得买不起一包烟。

我们不明白那个情绪失控的妈妈，为什么会抱着孩子逃出家门。

乃至于我们自己，也有许多无从说起的心事。

你在一个黄昏喝了酒，想找个人讲一讲心底的秘密，翻开通讯录，却又只能摇摇头，算了，还是算了。

你被曲解被误会被冤枉，百口莫辩想要有个树洞，可是把话都说了出来，对方却微笑着跟你讲："哦？就这样啊，我还以为有什么天大的委屈呢。"

我们每一个人，都是这个星球孤独的产物，因为我们都在经历着独一无二的经历。

英国作家毛姆有一段话说得非常好："我们每个人生在世界上都是孤独的。每个人都被囚禁在一座铁塔里，只能靠一些符号同别人传达自己的思想，而这些符号并没有共同的价值，因此它们的意义是模糊的、不确定的。我们非常可怜地想把自己心中的财富传送给别人，但是他们却没有接受这些财富的能力。因此我们只能孤独地行走，尽管身体相互依傍却并不在一起，既不了解别人也不能为别人所了解。"

最后，我们又说回开头。

我的老家是一个特别重男轻女的地方，老一辈的人尤其如此。一户人家的媳妇怀孕了，托了人悄悄地验了B超，是个女孩。护士指给孕妇和她的婆婆看："这个就是小婴儿，是个穿裙子的。"显示屏上，那里有团小黑点，不停地在跳动、翻滚，宛如一颗小心脏。小媳妇战战兢兢地看着婆婆，婆婆的脸都快沉到地底了。她料想，这个孩子，十之八九保不住了。

回去的路上，两个人一直没说话，婆婆就一直沉默着，沉默着。快到家门口了，老人突然跟她说："回去咱俩就说这是个男孩……"

媳妇不解，问道："妈，你就不想要个孙子吗？"

老人说："想，怎么不想，我做梦都想，可是那是一条生命啊，她都会跳了……"

我们或许无法感同身受，但我们还能选择善良。

"今天，妈妈嫁人了"

大多数离异女人，从争取孩子抚养权的那刻起，就下定了终生不再嫁的决心。

有一段时间，合租的女孩时常邀请她的朋友来家里吃饭，那是一个长得漂亮的离异女人，瓜子脸，大眼睛，还做得一手好菜。她一边给我们夹菜，一边讲她的女儿："我女儿今年才四岁，就会跳很多舞，还会识字。"那种母亲的骄傲与自豪，迸发在字里行间。她给我们看女儿的照片："多漂亮啊，多漂亮啊，我要多赚点钱，给她上好的学校。"

可是一提到赚钱，她的话锋就淡了。她在饭店上班，一个月拿到手不过三千元，三千元要养起一个孩子，实在艰苦。她问我们："你们有没有听说哪里招工？我想下班再打一份工，补贴点家用。"

我心里不是滋味，答应替她留意，随后我们又聊起了彼此的感情生活。她告诉我，她的前夫是个流氓，入室盗窃，现在还在牢里关着。离婚以后谈过一段感情，男人对她挺好，老实、本分，还帮她租了房子。

"那没有考虑再婚吗？你这么漂亮，一定能嫁得好的。"我问。

女人苦笑道："可是我女儿怎么办？人家对我好，未必对我女儿好，我想到女儿会受委屈，就宁愿一个人苦点……"

中国妇联的一项调查显示，中国离婚家庭中，百分之六十七的家庭有孩子，而离婚时，六个男人中只有一个选择要孩子，只占百分之十七。那么，剩下的百分之八十三数据里，是多少单身妈妈的泪水和汗水？

一个读者告诉我，从她决心要孩子的那刻起，就已经决心不再婚。她对婚姻失望是一个原因，更害怕的是孩子过得不好。她不想孩子被扣上"拖油瓶"的帽子，不想孩子在继父那里受委屈，更不想孩子因为自己改嫁而心生怨怼。所以很多女人，咬着牙犟着脖子，顶住了一生的风雨和孤独，在完成属于妈妈的使命。

既然这么苦，放弃孩子的抚养权不就可以了吗？是的，我呼吁所有人对女性多一点宽容，不去苛责一个放弃孩子抚养权的妈妈。可是，我无比深切地明白，要一个母亲放弃孩子的抚养权，意味着什么。孩子是母亲的命。但凡还有一丝可能，没有人会想放弃自己的命。

《我的前半生》里，罗子君连自己都养不活，却还是千方百计地争取孩子的抚养权。事实证明，她的决定是正确的。那个年收入一百五十万元的丈夫，是怎么对待他的孩子的？平儿难得周末来家里度假，他却毫不犹豫地选择跟凌玲和继子去看电影吃饭，自己的孩子在风雨中哭喊着爸爸，而那个爸爸手里，抱着的是另一个女人的孩子。

"宁跟讨饭娘，不跟状元爹。"妈妈不是超人，但妈妈是最伟大的人。就像我开头提到的那个女人，她现在白天在饭店上班，晚上去消夜档推销啤酒，每天干到深夜两点才回家，因为她还有孩子。她的孩子很漂亮，会舞蹈，会识字，她要用自己的一生，给她的孩子挣一个不那么苦的未来。

最后，我要讲标题的故事。

2015年的一个盛夏夜晚，我和老梁去外面吃夜宵，露天的那种大排档，点一份小龙虾能坐一晚。旁边一张桌子，一个男孩子喝多了，叫了一打啤酒，又再叫了一打啤酒。男孩子很高兴，一杯接着一杯喝，甚至还哼起了小曲，不断用筷子敲打着桌子。他在唱一首老歌，老掉牙的歌——《烛光里的妈妈》。

我忍不住回头去看他，年纪很轻，二十岁出头的样子，虽然喝了酒，但看起来并没有一点轻浮的样子。他越唱越大声，同伴可能觉得失态，就伸手去制止他。他推开同伴接着唱，唱着唱着就纵声哭了起来。

那是我第一次，看到一个男人在公众场合大哭失声，他搂住同伴的脖子，一边哭一边说："我妈太不容易了，我妈，一个人，养了我十几年，十几年啊……"他几乎是在号啕痛哭，我能想象那些滚落的眼泪里是多少辛酸与苦涩。那是一对相依为命的母子，十几载无可诉说的隐秘心事。

后来，他高举起酒杯，对着满场的人一饮而尽，那是真正的高兴，高兴得语无伦次，他说："今天，我妈嫁人了！大家一起高兴！高兴！"

《请回答1988》里的一段旁白是："听说神不能无处不在，所以创造了妈妈。到了妈妈的年龄，妈妈仍然是妈妈的守护神，妈妈这个词，只是叫一叫，也触动心弦"。

那么神，请对妈妈好一点，给她温暖，给她港湾，给她一个可以歇息的家。

你嫁人那天，爸妈一宿没睡

那一年，妈妈二十三岁，她在经历人生最疼痛的时刻。爸爸站在产房外，焦急地用手去捶医院的墙。这都两天了，怎么还不生？

傍晚时分，护士把你抱出来，妈妈哭了，爸爸也哭了。

三岁，你出水痘，一颗一颗红疹往外冒。医生说打几针就好，爸爸却好像不信，一次又一次地往急诊跑："这怎么越来越红了？"妈妈抱着你小小的身体，一遍一遍地向天祈求："要痛就让我痛，要病就让我病。"

五岁，你去念幼儿园，妈妈亲自把你送到门口。你哭得撕心裂肺："我要妈妈，不要上学。"妈妈却铁石心肠地转身，任你哭喊也不回头。你不知道，她在转身的刹那，就已泪流满面。

十一岁，你考了五十九分，试卷藏在书包里不敢回家，你害怕爸妈责备，更害怕他们失望。爸爸的工厂倒闭了，为三餐急得直跺脚，妈妈什么忙也帮不上，只能悄悄地叹口气，把破洞的毛衣再补一补。他们一分钱都不敢花，唯独对你舍得，而你，考了五十九分。

十四岁，你想要一条花裙子，那价钱是爸爸几天的工钱。妈妈跟你商量："要不，我们买别的？"你委屈得眼泪在眶里打转："怎么别人都有，就我没有？"妈妈看了看你，又看了看橱窗，终于还是给你买了。那天晚上，你穿着新裙子，听到爸爸在房间里低声叹气："是我没用，挣不了大钱。"

十七岁，你早恋了。那个男生有一张干净的脸，你们牵手，你们接吻，你们被教导主任拎到了办公室。爸妈铁青着脸站在一旁，看着你哭哭啼啼地写保证书。回家的路上，谁也没有说话。你一进家门，就把自己锁在房间里，妈妈在外面敲门："女儿，不吃饭怎么行啊？"

十八岁，你考上了大学。那是你第一次出远门，从车窗里往外看，世界又大又新鲜，你在火车上兴奋个没完，爸妈却一脸愁容。
"你要照顾好自己。"
"外面受了委屈跟爸妈说。"
"钱不够再问家里要。"
你扬着手道："知道了，知道了。"你心想爸妈可真啰唆，但那天夜幕降临，一个人躺在宿舍的床上，你突然哇地哭出了声，你想家。

二十三岁，你大学毕业找工作，你说想去北方，那里有闪亮的梦想。爸妈却沉默了，半晌道："留在南方不行吗？"
一南一北，就是几千公里，此后你跟他们见面，就只在每年春节。不知道为什么，每次回家，你都觉得爸妈又老了好多。

二十五岁，你又恋爱了。高个子，浓眉毛，大眼睛，北方人。你要跟他谈婚论嫁，妈妈却死活不同意："太远了，嫁过去，我的女儿就丢了啊！"

妈妈怎么这样，妈妈真不可理喻，你跟妈妈大吵了一架。那一年冬天，你没有回家过年。爸爸在除夕给你打电话："你想好了，就带回来吃顿饭吧！"

二十六岁，你要结婚了。婚礼前一夜，爸妈一宿没睡。

爸爸说："他对咱闺女好就行。"

妈妈说："再好也没有在身边好。"

那一夜他们聊了好多，聊你三岁那场病，聊你五岁去上幼儿园，聊你第一次考不及格的样子，聊你十八岁上大学……笑一阵，又哭一阵。最后爸爸长叹了一口气："以后，家里就只剩我们两个老家伙啰！"

婚礼那天很隆重，白裙子，长头纱，你漂亮得不像话。新郎托着你的手，跪下给公婆敬茶，司仪在一旁催促："快改口叫爸妈！"你张大嘴巴，却怎么也叫不出。

你的爸妈，早在一旁抹眼泪。那是你第一次看到爸爸哭，他们给你递了大红包，你的陪嫁，几乎是他们一生的积蓄。

红毯很长，灯光很美，爸爸牵着你的手，带你一步步往前走。你想起了小时候，他带你去游乐园，带你下河摸虾，带你骑大马。你想起自己坐在父亲的肩头，乐得咯咯笑，而现在，他要把你的手交到另一个男人手里。

男人的家在北方,跟爸妈的家相隔几千公里。从此以后,你跟父母也相隔几千公里。

你再也忍不住,眼泪滚烫滚烫地掉落,"爸,妈……",你回过头去喊道。

爸妈笑着抹干眼泪:"傻孩子,喜事呢,哭什么?"

长大就是把哭声调成静音的过程

以前合租的女孩子在做地产中介。她比我们起得都早,因为要化妆,不是什么叫得上牌子的化妆品,但抹到脸上显精神。地产中介吃的是一口和气饭,脑袋要灵,嘴巴要甜,腿要勤,客人满意了,才有成交的可能。但更多的客人是只看不买的,那也不能有怨言,吃了这口饭,就得穿着高跟鞋,带着他们一遍一遍地逛。

她没有周末,因为别人的周末,就是她的旺季。下班时间也是不固定的,客户白天要上班,晚上才有时间,那就只好约晚上。我们一起合租了两年,那两年里,除了轮休的日子,几乎每天她都是十点以后才下班。没有吃晚饭,就自己胡乱煮个面吃了。洗个澡,吹干头发,已经是深夜十二点。再忙碌的日子,也是可以笑出声的。偶尔哪天下班早,她就约上几个同行的朋友,买上火锅料和啤酒,热热闹闹地聚在一起,一边吃一边闲聊。

"我上周那个客户才奇葩,房子都成交了,搬进去发现少了一棵金橘,就是市面上十块钱一盆的那种,非得叫原业主还回来,说是动了风水,房子她就不要了……"

二十几岁的女孩子,声音是清脆嘹亮的,一个字一个字往外送,听起来舒服又热闹,都是人间的烟火气。火锅的热腾和啤酒的气泡,淹没了白天的疲惫和积攒的委屈，今夜星光璀璨，今夜美酒甘醇，今夜我们不醉不休，而明天，依旧要上班。

没有哪个成年人的生活不饱含"艰辛"二字。

我的一位读者，最近在学产后康复按摩，那是一门真正的手艺活，一个小时下来，捏压揉搓，累得手臂都直不起，而这样的工作，往往要重复一整天。

我认识几个妈妈，白天要上班，晚上回家要带孩子，遇到孩子发烧感冒，一夜就没有觉可以睡，而第二天依旧要上班。

还有全职的家庭主妇，带着两个孩子，还要照顾全家的衣食住行，这个孩子刚哄好，那个又哭了起来，炒菜做饭要把小的背在身上，生怕他磕着碰着。

世上最令人羡慕的自由职业者，过的又是什么样的生活呢？哦，我就是自由职业者。一个月里，我连续扭了三次脖子，颈椎疼得睡不着觉。医生警告我，我再长期对着电脑，颈椎腰椎都会变形，还有骨质增生的危险，而那天，我才刚刚度过我的二十八岁生日。

有人说，长大就是把哭声调成静音的过程。任何一个成年人，都有一堆下酒的故事，不能提，不能碰，想想就掉泪。可是，任何一个成年人，都有一个默契，哪怕人后丧成狗，人前也要哈哈笑。因为我们明白了艰辛二字，便长出了一副扛起艰辛的肩膀。

这个月被扣了工资，妈妈打电话来问钱够不够花，一定要笑着回答够的，因为不能让爸爸妈妈担心；分手了不再彻夜买醉，一边哭一边给自己点份叉烧饭，哭完了还要继续上班；难过不再发朋友圈，没有什么不可以独自消化，又何必去面对别人真心或假意的问候。

那位学习产后康复按摩的读者，每天在朋友圈发自拍，二十几岁的年纪，笑容明艳动人，丝毫看不出她刚工作了十几个小时。

前一晚带着孩子去打吊针的妈妈，第二天回到公司，照旧会跟同事开玩笑："什么时候中了五百万，老娘就在家做阔太太，豆浆喝一杯倒一杯……"

家庭主妇好不容易把孩子哄睡了，也会悄悄拿出 iPad，看一集偶像剧，一边骂女二号太婊，一边被男二号逗得哈哈笑。

我呢，为了保住脊椎，最近在努力健身和游泳，一米二的儿童池，我一头扎进去，能喝个半饱。

再难搞的日子，我们也能笑出声来。成长本身，就是一种力量，一种迫不得已的力量。哭泣不再有用，我们就不再哭泣。抱怨不再有用，我们就不再抱怨。求助不再有用，我们就不再求助。

一个人迈入了社会，就长出了钢筋铁骨，硬朗地遮风挡雨，铮铮地对抗世界。如果你见到一个哭丧着脸，却笑得很大声的成年人，不必讶异，不必同情，跟着他的段子开怀大笑就好。千万不要抱一抱他，因为搞不好，他就哭了。

"你买不起LV，一定是不够努力"

班群里聊起了奢侈品，一群女生在感叹："好贵啊，一个LV包包，够我吃两个月土。"

哭穷的阵列里，突然冒出来一句话："只要足够努力，又怎么会买不起LV？"群聊间歇性沉默了五秒……

随后，女生又说："便宜点的LV才一万多，月薪三万块总能买了吧！只要足够努力，这个月薪并不难啊！"群里一片死寂……

过了好一会儿，才有人出来自嘲："所以，月薪不够三万是我的错咯！"女生放缓了语气道："反正我觉得，毕业这么多年，月薪还不够一个LV包的钱，肯定很大一部分原因是自己不努力。"

群聊彻底终结了。因为我们这个"没出息"的班级，绝大部分同学的月薪都买不起一个LV，而这个买得起LV的女生呢，她其实没有上班。她去年辞了职，专心做起了网络主播，每天游艇火箭刷得666（网络用语，意为"很牛"），一个月收入近十万元。她不仅能买LV，还能买Prada、Gucci（古驰）和Chanel。生活的优越让她早已忘记，就在辞职做主播前，她是众多上班族中的一员，当时的月薪不过七千元出头。

我想起了几年前遇到的一对情侣。男生大学毕业后，进了一家策划公司，年收入十万元左右，在同龄人里算不错了，可是他的小女朋友不这么认为。那个女生想在一线城市买一套房，就不断向他施压："只要想办法就一定能做到的呀，我一个远房亲戚就是这样，自己创业发了财，买了房子买了车。"

两人为此吵了无数次架。在女孩子的认知里，世上无难事，只怕有心人，如果男生真心爱她，就一定能为她创造出上百万元的年收入来。男生不努力吗？不，恰恰相反，他是我见过的最拼的"90后"之一。

当时我们合作一个项目，我见过他加班通宵，也见过他在酒桌上应酬到呕吐。可是，我也明白，那套房子依旧遥不可及。

在这个时代，一双手、一双脚，就不至于令我们饿死，但即便是再励志的鸡汤，也不敢告诉你，只要足够勤奋，就一定能年薪百万。因为任何一个工作超过三年的人都知道，现实生活中，没有人会因为你加班多，就让你连升三级，更没有人会因为你业绩好，就奖励你一套房。

现实是什么？现实是你加班加点累得要死要活，升职加薪的报告递上去一封又一封，领导却只顾向你吐苦水：市场不景气，人力成本高，同行竞争大，你是识大体的员工，怎么就不能体谅公司的苦衷呢？

我的学妹告诉我，她毕业时曾发誓，一定要努力工作，拿下二十万元的年薪，三年内攒够一套房的首付。现在呢，三年过去了，她提了职，加了薪，提起当年的誓言，却只剩意味深长地一笑："我的工资涨了五千，房价却涨了一万。"

当下的时代会有很多一夜暴富的励志传奇。你要明白，传奇之所以为传奇，正是因为它的稀有罕见，就像奢侈品之所以为奢侈品，正是因为大部分人的薪资不足以支付它。

你羡慕成功者的光鲜亮丽，却不知道，他们成功所需的契机，远非努力二字可以涵盖。天时、地利、人和。更多的人，光是活下来，就已经用尽了全身力气。

一旦初心不再，千帆可休矣

身边的朋友开始离婚了，一些因为没钱，一些因为有钱。

几年里，大诚赚了好多好多钱。他从小小的业务员做起，到如今的华南地区销售代表，收入翻了几十倍，其中的艰苦可见一斑。大诚说："最厉害的一次，连喝了四瓶白酒，霎时胃出血送了医院。"他讲起那段经历挺牛×的，但是我猜，那段日子，一定一点也不好过。赚那么多钱，是为了养老婆孩子。大诚家贫，高中没读完，父亲就去世了，真真正正的寒门学子。因为穷，老丈人当年死活不同意女儿的婚事。

"你自己都养不活，拿什么来养老婆孩子？"老丈人蔑视地道。大诚一辈子都会记得这句话，他告诉自己得活个样子出来，给老丈人看看，给所有瞧不起他的人看看。更重要的是，他得证明给妻子看。这个女人，在他一无所有时，义无反顾地跟了他，他得证明，她没赌错。

他能挨苦，肯弯腰，什么屈辱都能受，这样的人，是不难出头的。拿到第一笔十万元那天，他是醉着回来的。刚进门，就像孩子似的抱住妻子，他凑在她耳边说："我终于养得起你了。"但终于养得起家的大诚，却越来越少回家。

灯红酒绿的生活，真是有种令人迷醉的魅力，人越是不清醒，快乐就越简单纯粹。他知道这样不好，但是男人嘛，男人嘛，谁在外面没几个情人呢？他自然也有。无所谓爱不爱，风月男女，最讲究的是快乐，他挺快乐的，虽然这快乐总是带着负罪。妻子跟他闹过，他道过歉，赌过咒，回头却还是控制不住最原始的欲望，一头扎进了温柔乡。

离婚那天，大诚抱着妻子痛哭了好久。他也不知道自己为什么会变成这个样子。他赚了好多钱，它们曾带给他无限的满足和成就，但在那一刻，他不知道自己为什么要赚那许多钱。他有那么那么多钱，却连一个爱的人都没有。

也有女人赚了钱要离婚的。

那两年，上天像是突然给晓雯指了一条路。钱像是从天上掉下来似的，买房，房价翻倍；做生意，旺得盆满钵满。她和朋友在本地开了一个酒庄，很多人做这行都血亏；但偏偏她能赚钱，单子接到了港澳台。

一个女人要创业，就势必要走出家庭。她时常要外出看货，时常要交际应酬，有时候大半个月在外头。家成了疲惫深夜浓浓暮色里的星星，遥远而陌生，仅聊以安慰。

女儿开始疏远妈妈了，三岁的小女孩，怯生生地站在门口，跟在奶奶屁股后面，迎接这个从远方归来的女人。奶奶说："快叫妈妈。"女儿"哇"的一声就哭了，眼神里写满恐惧，她不认识妈妈了。

丈夫自然不用讲，对于任何夫妻而言，距离产生的绝不是美，而是难以修复的隔阂。不知道为什么，她开始觉得丈夫好俗，一个月拿四千元的工资，竟然能知足地过日子，真是不可思议。四千元，她收入的零头，连一个包都买不到。

丈夫总爱讲他们单位的办公室风云，谁和谁有了矛盾，谁和谁是老对头，谁又跟谁穿同一条裤子。她任由他说得眉飞色舞，心里盘算的，却是怎么拿下那单上百万的生意，耳边的唠叨，是一个字也入不了耳朵的。

这样的生活，太累了，她不想再一个人面对熬不完的应酬，也不想强行地敷衍早已不感兴趣的家庭生活。终于，还是提出了离婚。孩子不肯跟她。丈夫什么都没说，默默地帮她整理了行李，又熨好了要穿的大衣。

她从民政局出来，就又上了飞机，在几千米的高空，哭得一塌糊涂——她在大衣的口袋里，摸到了丈夫为她准备的胃药。

那是她曾经深深爱过的男人，她曾发誓要赚很多很多钱，跟他一起去环游世界。

人啊，一来到世上，就投入了命运滚滚的洪流中。你奋力周旋，你险中求胜，你进退维谷，你一败涂地。你终于相信，这个局是死的，迷宫是没有出路的，你在茫茫大海中央，永远都靠不了岸。你必须往前走，赚很多很多钱，过很好很好的人生。是的，你以为赚了好多好多钱，就能有很好很好的人生。

你想给老人一个安定的晚年，想给妻子买一柜子奢侈品，给孩子学区房和兴趣班，你一身的负累，只能拼了命地往上爬。可是，你又得到了什么?

你拼命地往上爬,却忘记了为什么出发。你终于挣了钱,身边的女人却不再是同甘共苦那一个。老人守在冷冰冰的家里,等你回家吃一顿团圆饭。孩子呢,想跟爸爸妈妈一起去旅行,可你永远没有假期。还有一些年轻人,二十出头的年纪,猝死在深夜的工作岗位上。

人生啊,人生啊……光是想一想,就要掉下泪来。我们,怎么会变成这样?又还有什么,是我们可以抓住的?

早在很小的时候,我就清楚自己想要什么。我念书,去自己想去的城市,读自己想读的专业,爱自己想爱的人,挣的每一分钱,都为理想和所爱之人。归根结底,是寻求幸福。钱能给我带来幸福,我就去赚很多钱。但当金钱沾染了离散和分别,瓦解我梦寐所求的幸福,那就不必有许多钱。

世上的一切,都是如此。你历经千帆,不可忘初心。一旦初心不再,千帆可休矣。

曾经有人问我,如果给你一个成名的机会,你会写一本很畅销的书,全中国会知道你的名字,但你却要因此失去你的丈夫和原本幸福的家庭,你会怎么选?

我告诉他,那我从现在开始,就再也不写了。

理想很美,前程迷幻。但我更愿意珍惜的,是眼前看得见的、小小的幸福。那才是诱惑丛生的世界里,唯一可以抓住的真实。

世态从来炎凉，但你要笑着讲出来

如果你的人生经历过大起大落，你就会发现身边的朋友有趣极了。

朋友喝醉了，跟我讲他家的兴衰史。二十世纪九十年代，父亲经商，赚了一大笔钱，盖了大洋楼，买了一辆小轿车。一时间门庭若市，几百年不串门的亲戚眼巴巴地跑了上来。那几年过年，家里永远是闹哄哄的，到处是亲友，一封一封红包往他手里塞。没过几年，生意做不开了，家里经济一天不如一天，洋楼掉了砖，汽车剐了漆，倒是别人家兴旺了起来，楼一栋比一栋高，车一辆比一辆贵。人呢，自然也往别人家去了。

那年春节，他跟堂兄一起玩耍，有人笑眯眯地走过来，往堂兄手里塞了个大红包。他就站在跟前，眼巴巴地看着，那人回头望他，狡黠一笑道："哟，不知道你也在呀，今天红包派完了，明儿再给你。"见过世态炎凉的孩子都早熟，他笑着摆手："您客气了，客气了。"

就这样又过了几年，互联网经济一夜崛起，父亲又赶上了热潮，赚得盆满钵满。洋楼翻新了，轿车换代了，人呢，自然又回来了。

大家脸上带着笑容，好像中间那几年不存在似的，依旧欢欢喜喜地拜年。朋友的父亲坐在中间，开开心心地泡上一壶茶，气定神闲地说："大家都过来了，不容易啊，不容易啊……"

这个社会势利吗？势利极了。

我的自媒体朋友，经常跟我吐槽："文章刷屏的时候，大家都来跟我做朋友，现在呢，一个个装死似的，微信上连个人都找不到。"

我笑着安慰他："是这个样子的啦！"

他继续感叹："你可能没有经历过，不知道那种感觉有多凄凉。"我发几个表情包，哈哈哈哈地跳过了话题。我怎么没有经历过？

我的邮箱里，现在还躺着几百封退稿信，一帘一帘拉下来，跟瀑布似的，那种无人问津的感觉，我比谁都清楚。

闷声在家里写稿的时候，就连要好的朋友也瞧不起我："谁会看这些破玩意儿啊？"后来看的人越来越多了，朋友又回来了，高调地把我的文章转发朋友圈："我就知道她一定能做到。"

我不知道她会不会尴尬，总之我挺尴尬的。但我会拉黑她吗？不会的，我只是不再和她交心了。

拜高踩低，原是天性使然。《儒林外史》里的名篇《范进中举》，对这四个字的诠释精妙透了。范进中举前，向丈人胡屠夫借钱，被"一口啐在脸上，骂了个狗血淋头"；中举后呢，胡屠夫说："如今中了举人，就是天上的星宿。"

范进要怎么办？中了举，狠狠地揍胡屠夫一顿吗？不。范进说："方才费老爹的心，拿了五千钱来，这六两多银子，老爹拿了去。"

私以为，这一段才是《范进中举》中写得最好的。一个人穷酸落魄过，又飞黄腾达了，就已经是两生两世，隔了一世的愤懑、憎恨、痛苦，早就不值一提。

为什么？因为已经翻盘了。你受过的白眼，在落魄时是屈辱，在风光时，却变成了勋章。马云也好，刘强东也好，谁都曾有求助无门的困苦经历，但如今的马云和刘强东，会将它视为屈辱吗？不会的，他们会出自传，会做讲座，会在全国人民面前，大谈特谈这段经验。

你看，世态炎凉这种事，还是成功了说起来比较好听。

"贫居闹市无人问，富在深山有远亲。"我七岁的时候看《增广贤文》，就牢牢地记住了这句话。当时只感慨世态炎凉，但如今，我看到了另一层意思："你在闹市中发出的贫苦之声，是没有人愿意倾听的。"

你要努力，再努力，再努力。直到有一天，可以站在人群中央，云淡风轻地说一句："哦，上一世的事了，谁还在意啊！"那才牛爆了。